2015
오늘의
좋은 시

이혜원 · 맹문재 · 김석환 · 이은봉 엮음

푸른사상
PRUNSASANG

2015 오늘의 좋은 시

인쇄 · 2015년 3월 3일 | 발행 · 2015년 3월 10일

엮은이 · 이혜원, 맹문재, 김석환, 이은봉
펴낸이 · 한봉숙
펴낸곳 · 푸른사상
주간 · 맹문재 | 편집 · 지순이, 김선도 | 교정 · 김수란

등록 · 1999년 7월 8일 제2-2876호
주소 · 서울시 중구 충무로 29(초동) 아시아미디어타워 502호
대표전화 · 02) 2268-8706(7) | 팩시밀리 · 02) 2268-8708
이메일 · prun21c@hanmail.net / prunsasang@naver.com
홈페이지 · http://www.prun21c.com

ISBN   979-11-308-0359-3   03810

값 14,000원

2015 오늘의 좋은 시

이혜원 · 맹문재 · 김석환 · 이은봉 엮음

책을 펴내며

　2014년에 발간된 문학지들에서 '좋은 시' 120편을 선정해보았다. 이 번 선집에서 새롭게 소개되는 시인은 83명이다. 지난해의 선집에서는 70명이었고, 3년 동안 계속 선정된 시인은 30명이다. 이렇듯 이 선집 은 공정성을 가지려고 나름대로 노력하고 있다. 그렇지만 우리 시단에 서 작품 활동을 하는 시인들이 매우 많은 상황에 비추어보면 대표성을 갖는다고 말하기는 어렵다. 이 선집에 함께하지 못한 시인들께 진심으 로 미안한 마음을 전한다.

　이 선집에서는 '좋은 시'의 기준으로 작품의 완성도를 우선적으로 삼았지만 소통의 면도 중요하게 고려했다. 그 결과 시인의 주관성이 지나쳐 소통되기 어려운 작품들은 선정하지 않았다. 이와 같은 면에서 이 선집은 뚜렷한 정체성을 갖고 있지만 아울러 실험적인 작품들을 적 극적으로 수용하지 못한 한계점도 안고 있다.

　'좋은 시'를 선정하는 일은 시인의 성과를 인정해서 우리 시단의 지 형도를 마련하기에 의의가 크다. 앞으로 더욱 책임감을 가질 것이다.

이 선집은 '좋은 시'에 대한 책임감을 갖는다는 차원에서 선정된 작품마다 해설을 달았고 필자의 이름을 밝혔다. 필자의 표기는 아래와 같다.

이혜원 = a, 맹문재 = b, 김석환 = c, 이은봉 = d.

2014년에 일어난 세월호 참사에서 보듯이 우리 사회는 지금 총체적인 난국이다. 민주주의와 법치주의가 후퇴하고, 가계 부채와 실업과 비정규직 노동자들이 늘어나면서 국민의 삶은 크게 위협받고 있다. 그렇지만 총체적인 난국에 함몰되지 않고 적극적으로 맞서야 하듯이 침체된 한국의 시단을 살리는 시인들이 많이 나오기를 응원한다.

이 선집이 시인들의 작품 활동에 힘을 주는 것과 아울러 독자들에게 즐거움을 주기를 기대한다.

2015년 2월 15일
엮은이들

차례

2015 오늘의 좋은 시

2015
오늘의
좋은
시

커튼

강연호

컴퓨터 뒤로 뻗은 전선들
저 늘어선 실뿌리들
채 감추지 못한 탯줄들
천 길 만 길 악착같이 기어가는 줄기들
배후는 뒷골목처럼 지저분하고
이면은 늘 엉켜 있지만

백 개도 넘는 글자판이
날름날름 놀리는 혓바닥을
마우스의 오른쪽과 왼쪽 버튼이
가리키고 지시하는 삿대질을
잘도 받아 넘긴다
종이도 잉크도 없이
배알도 없이 속도 없이

환한 모니터의 뒤쪽
블랙홀, 우주 커튼처럼
블랙으로 남아야 할 것이 있다
커튼으로 드리워져야 할 것이 있다
볼장 다 보기 전에
끝장나기 전에

배후에도 예의가 있다
외면해야 할 이면이 있다

(『미네르바』 2014년 가을호)

모든 존재에는 인체처럼 앞과 뒤가 있는 것일까. 컴퓨터에도 "환한 모니터"가 앞이라면 뒤엔 그 기능을 발휘하게 해주는 전선들이 뻗어 있고 "실뿌리들", 채 감추지 못한 그 "탯줄들"이 지저분하게 엉켜 있다. 그러나 그 "배후"는 글자판의 "날름날름 놀리는 혓바닥"과 마우스의 "가리키고 지시하는 삿대질"을 잘 받아 넘긴다. 자신의 욕망이나 의지를 드러낼 "종이나 잉크도" "배알도 속도 없"는 "블랙홀"이지만 그곳은 "예의"를 지켜주듯 커튼으로 늘 가려져 있다. 그런데 정작 그 "외면해야 할 이면", 아니 늘 무시당하고 마는 "배후"가 있어 컴퓨터는 작동하며 기능을 다하니 아이러니가 아닌가. 그런데 세상에도 전면에서 빛을 내는 무리와 보이지 않는 이면에서 외면당한 채 수고하는 무리가 있는 게 현실이다. 그리고 인간 개체도 외부로 드러난 얼굴 이면에 또 다른 얼굴이 숨어 있는 부조리하고 이중적인 존재이다. (c)

가라앉은 성당*

강인한

물살 빠르게 휘도는 골짜기
맹골수로 저 아래에 모로 누운 거대한 여객선은
우리들의 성당이어요.
여기 따뜻한 슬픔의 휴게실은 우리들의 주소이고요.
머리카락에 붙은 부연 소문들
날마다 시린 무릎에는 퍼런 전기가 흐르지만
착하고 고운 지영 언니
당신이 세상에 존재하는 그게 얼마나 고마운지요.
거짓말을 감추려 또 거짓말을
입술에 검게 칠하고 늑대들과 사는 여자는 참 불쌍해요.
한라산에 철쭉은 어디만큼 왔나
나비 앞장세워 찾아가는 길,
파이프 오르간 소리가 천천히 종탑의 층계를 오르는 동안
은빛 갈치 살같이 달려가는 그 골짜기로 봄이 오겠지요.
기다리던 답장이 오고, 하늘에서 별빛이 쏟아져
끝없이 소라고둥처럼 내려가는 단조의 층계
야자나무 잎사귀에서 호두나무 가지로 통통 건너가는
별 하나, 별 둘,
가만히 있어요, 가만히 있어요.
눈 감고 가만히 기다리는 다영이, 수찬이, 차웅이
손 내밀어봐, 별 모양 귀여운 불가사릴 줄게.

오라고, 이리 오라고 손짓하는 볼우물 예쁜 최샘,
집게발 높이 들고 옆걸음 치는 꽃게들, 뽀글뽀글 피워 올리는
물방울 카네이션은 엄마한테 우리가 띄워 보내는 사랑이에요.
아, 우릴 부르는 저녁 종소리……
엄마 이제는 가셔요, 울지 말고 이제는 집에 가셔요.

* 가라앉은 성당 : 드뷔시의 피아노 〈전주곡집〉 제1집의 제10곡.

(『포지션』 2014년 여름호)

2014년은 갑오년이고, 2015년은 을미년이다. 동학혁명과 을미사변이 일어난 지 두 갑자(甲子)가 지나고 있다. 120년 전의 갑오년과 을미년을 생각하면 가슴이 미어진다. 2014년 갑오년에도 엄청나게 많은 사람이 죽었다. 정부의 무능력과 시행착오 때문이다. 2015년 을미년의 전조(前兆)도 밝아 보이지 않는다. 작년 2014년 갑오년에는 크고 작은 사건 사고가 너무도 많았다. 특히 4월 16일에 있었던 세월호의 침몰 사고는 모든 국민들을 경악시키기에 충분했다. 너무도 억울한 죽음들이 많아 어떻게 말로는 표현할 수 없을 정도이다. 많은 시인들이 세월호의 침몰 사고를 두고 시로 노래했다. 이 시의 시인은 "맹골수로 저 아래에 모로 누운 거대한" 세월호를 "우리들의 성당"이라고 발상한다. "우리들의 성당"은 어떤 연유로 아직도 "맹골수로 저 아래에 모로 누"워 있을까. 당장 그 원인이 밝혀지기는 쉽지 않으리라. 시인은 그와 관련해 "거짓말을 감추려 또 거짓말을/입술에 검게 칠하고 늑대들과 사는 여자는 참 불쌍"하다고 말한다. 그러나 언젠가는 맹골수로 "그 골짜기"에도 "봄이 오겠지". (d)

버찌의 저녁

고영민

  그때 허공을 들어 올렸던 흰 꽃들은 얼마나 찬란했던가 꺼지기
전 잠깐 더 밝은 빛을 내고 사라지는 촛불처럼 이제 흰 꽃의 흔적
은 어디에도 없다 다만 그 자리에 검은 버찌가 달려 있을 뿐이다
가장 환한 것은 가장 어두운 것의 속셈, 버찌는 몸속에 검은 피를
담고 둥근 창문을 걸어 잠근 채 잎새 사이에 숨어 있다 어떤 이는
이 나무 아래에서 미루었던 사랑을 고백하고 어떤 이는 날리는 꽃
잎을 어깨로 받으며 폐지를 묶은 손수레와 함께 나무 아래를 천천
히 걸었을 터, 누구도 이젠 저 열매의 전생이 눈부신 흰 꽃이었음
을 짐작하지 못한다 지났기에 모든 전생은 다 아름다웠던가 하지
만 한때 사랑의 이유였던 것이 어느 순간 이별의 이유가 되고 마
는 것처럼 찬란을 뒤로한 채 꽃은 다시 어둠에서 시작해야 한다
흰 꽃은 지금 버찌의 어디까지 와 있는 걸까 그리고 저 버찌의 오
늘은 얼마나 검은가

(『문학사상』 2014년 9월호)

개화와 낙화가 극명한 대비를 이루는 벚꽃의 특성상 꽃 진 자리를 유심히 보는 경우는 드물다. 만개했던 꽃이 일시에 지고 나면 그보다 공허한 풍경이 없는 듯하기 때문이다. 이 시는 특이하게도 벚꽃이 지고 난 자리를 유심히 바라본 섬세한 눈길을 담고 있다. 흰 꽃이 사라진 자리에는 아무 것도 없는 것이 아니라 검은 버찌가 달려 '있다'. 눈부시게 흰 꽃의 자리를 검디검은 열매가 대신하고 있다. 벚꽃이 사라지고 버찌가 나타난다. 하나의 죽음은 어느새 새로운 삶을 준비하고 있었던 것이다. "가장 환한 것은 가장 어두운 것의 속셈"이어서 버찌의 검은 피는 어느 순간 가장 환한 촛불처럼 피어날 찬란한 시간을 예비하고 있다. 어둠이 있어 밝게 빛나는 촛불처럼 버찌의 오랜 기다림 끝에 벚꽃은 화려하게 만개하는 것이다. 버찌는 까맣게 익어가며 촛불의 심지처럼 벚꽃의 흰 불꽃을 밀어 올릴 시간을 기다린다. (a)

정지

공광규

일산에서 강화도로 가는 길
통진쯤 지나다가 정지신호에 걸려 잠깐 차를 세웠다
오른쪽 차창을 내리자
수레국화가 무더기로 길가 화단에 피어 있다

파란 꽃무더기가
깊고 신령한 계곡에서 만난 이내 같다
이런 우연과 매혹이라니
옆자리의 아내가 환성을 지를 만하다

여름에서 늦가을까지
일산과 강화도를 격주로 오고갔으니
버스나 승용차로 열 번 이상은 지나쳤을 텐데
처음 보는 꽃무더기다

정지신호에 걸려 정지를 당하고서야
잘나가던 친구가 덜컥 병에 걸려 옆을 둘러보는 것처럼
꽃밭을 본 것이다
질주하는 나를 멈추고 창을 열었다가
이런 우연과 매혹을 만난 것이다

멈추면 비로소 보이는 것들
아주 잘 팔렸던 어느 스님의 책 한 권이
자동차 정지신호 대기 중
단번에 읽힌다

(『문학청춘』 2014년 겨울호)

시인은 지금 아내가 운전하는 승용차의 옆에 앉아 "일산에서 강화도로 가는 길"이다. "여름에서 늦가을까지" "버스나 승용차로 열 번 이상은 지나쳤을" 길이다. 그런데 지금 그는 "통진쯤 지나다가 정지신호에 걸려 잠깐 차를 세"우게 한다. "오른쪽 차창을 내리자/수레국화가 무더기로 길가 화단에 피어 있다". 수레국화의 "파란 꽃무더기" 말이다. 운전을 하던 "옆자리의 아내가 환성을 지"르는데, 그는 잠시 수레국화의 꽃무더기를 두고 "깊고 신령한 계곡에서 만난 이내 같다"고 생각한다. "질주하는 나를 멈추고 창을 열었다가/이런 우연과 매혹을 만난 것이다". 이때 시인은 문득 『멈추면 비로소 보이는 것들』이라는 "아주 잘 팔렸던 어느 스님의 책 한 권"을 떠올린다. 구태여 혜민 스님의 이 책을 시간을 내어 읽을 필요가 있는가. "자동차 정지신호 대기 중/단번에" 그것을 깨달아 알아버린 것을! (d)

안녕, 배꼽

권성훈

잘려진 나무에서 옹이가 나오네
거기는 구멍을 내고 상처가 머무는 곳
뱃속부터 애를 슬며
세상의 중심을 오므리며 숨을 쉬고요
단절된 외부를 털어내지요
견고하게 내부를 닫아버린 기울어진 나이테
끊어진 탯줄을 잡고 저물어가는 오늘도
상처와 상처 사이에서
구멍과 구멍 사이에서
아무 일 없다는 듯 외마디로 태어나겠죠
무엇이든 흔들리는 상처가 구멍을 막고
어디에든 깊어가는 구멍이 상처를 안고
오세요, 고독한 당신
상처가 구멍에게 젖을 물리듯이
구멍이 상처에게 살점을 내어주듯이
우리도 함께 흠집 난 아픔을 모른 척 아물어가요
박음질 선명한 꼭지 하나 모자란 듯
오랫동안 수줍게 안녕이라 피었다져요

(『시에』 2014년 겨울호)

"배꼽"은 탯줄을 끊은 자리로 단절과 연결이라는 이중성을 띤다. 어미와 새끼가 한 몸이 아니기에 분리될 수밖에 없는 운명의 흔적이면서 새끼가 어미라는 뿌리로부터 태어났음을 증명하는 흔적인 것이다. 따라서 "배꼽"은 처음이자 끝이고, 슬픔이자 기쁨이고, 독립이면서 연대이고, 과거이자 현재이고, 상처이자 영광이다. 한 개인의 중심지면서 우주의 중심지인 것이다.

"안녕, 배꼽"이라고 인사하는 것은 필요하다. 이 세계의 모든 존재는 "배꼽"과 같은 운명을 타고 났기에 어떻게 "인사"를 하느냐에 따라 세계관이 달라진다. 그러므로 우리가 지향하는 세계관은 "상처"의 조건에 위축되어서는 안 된다. "흠집" 같은 흔적에 부끄러워해서도 안 된다. "아픔을 모른 척" 하다 보면 "아물"게 되는 것이다. 겸손하면서 자랑스럽게 다시 인사를 하자. "안녕, 배꼽"! (b)

호두과자가 온다

권혁웅

어린아이 머리통만 한 건 아니지만
그래도 생각하는 사람처럼 고개 숙이고 그것은 온다
호두과자가 온다는 것은 차들이 가다 서다를 반복하다가
끝내 서다를 선택했다는 것
충돌은 아니지만, 바퀴 하나쯤 굴러 나와
추돌이 되었다는 것
뒷목 잡은 운전사가 지금 차에서 내리고 있다는 것
너 몇 살이야? 물어볼 때까지
길고 긴 시시비비가 시작될 거라는 것
서로의 멱살을 잡고 병목현상을 재연하리란 것
그 사이로 달콤하고 고소하고 동그란
호두과자가 온다
생수나 냉커피와 함께 온다
냉수 먹고 속 차리라는 듯
자기가 재연 배우라도 되는 듯 어김없이 온다
생각 좀 하고 살아라, 머리는 두었다 뭐하냐?
잠시 쉴 때만 문 벌컥 열어젖히는
과일 접시 든 어머니처럼 온다
과일 대신에 온다
호두맛 과자도 아닌 것이, 맛도 없는 것이, 이상하게
호두맛 과자보다 맛있는 호두과자가 온다
생각하는 사람처럼 동그랗게 굴러온다

(『포지션』 2014년 여름호)

운전을 하며 도시의 거리를 오가는 사람은 누구나 길이 막힐 때마다 만나는 것이 호두과자 장수이다. 뭐 꼭 호두과자 장수만 만나는 것은 아니다. 뻥튀기 장수도 만나고, 생수 장수나 냉커피 장수도 만나기 때문이다. 이 시에서는 이러한 사실을 살짝 비틀어 신선한 시적 발상을 만들고 있다. 우선은 호두과자 장수나 생수나 냉커피 장수를 환유해 호두과자나 생수, 냉커피로 압축, 표현하고 있는 것이 재미있다. 교통 체증의 현실도 해학적이면서 풍자적으로 재미있게 표현한다. "차들이 가다 서다를 반복하다가/끝내 서다를 선택했다는 것/충돌은 아니지만, 바퀴 하나쯤 굴러 나와/추돌이 되었다는 것/뒷목 잡은 운전사가 지금 차에서 내리고 있다는 것/너 몇 살이야? 물어볼 때까지/길고 긴 시시비비가 시작될 거라는 것/서로의 멱살을 잡고 병목현상을 재연하리란 것" 등이 그 예이다. 재미있는 표현은 호두과자 장수의 출현을 "잠시 쉴 때만 문 벌컥 열어젖히는/과일 접시 든 어머니"의 출현에 비유하고 있는 데서도 확인할 수 있다. 호두과자 장수를 생각하는 사람에 비유하고 있는 것도 재미있기는 마찬가지이다. (d)

고모를 아는 척 안 했다

김경애

간판도 없는 서산동 할매집,
미자 언니는 비밀 이야기를 풀어놓듯
소문내지 말라고 당부를 하며 나를 그곳에 데려갔다.
아는 사람만 찾아온다는 보리마당
식당이라고 하기에는 옹색한 지붕이 파란 집.
비탈진 텃밭에는 봄동이 꽃을 피웠고
빨랫줄에 걸린 서대 몇 마리 바람에 흔들리고 있었다.
기별 없이 찾아간 고향집 풍경처럼
동네 사람들은 대낮부터 술에 취해 있었다.
작은 방에서 서대찜을 기다리는 동안
압력밥솥이 요란스럽게 칙칙거렸다.
한쪽 구석에 자리 잡은
보해소주, 크라운맥주, OB맥주……
때 묻은 작은 진열장에는
한라산, 88디럭스, 라일락, 엑스포, 시나브로…….
창고 같은 방 안은 보물들이 꽉 찬 흑백 필름 같았다.
막걸리 몇 잔 들어가니 목포 앞바다가 출렁거렸다.
옆방에서 이난영의 '목포의 눈물'이 들려 돌아보았다.
20여 년 전, 타향에서 적금 들어
내가 엄마에게 맡긴 돈 오백만 원 떼어먹고 소식 없던
아직도 춤추러 다닌다는 고모를 봤다.
끝내, 고모를 아는 척 안 했다.

(『시향』 2014년 봄호)

이 시는 고모에 대한 이야기를 담고 있다. 아버지의 누이니 고모처럼 가까운 가족은 없다. 시인이 "20여 년 전, 타향에서 적금 들어" "엄마에게 맡긴 돈 오백만 원 떼어먹고 소식 없"는 고모이다. 시인은 집을 나간 고모를 찾기 위해 미자 언니를 따라 "간판도 없는 서산동 할매집"을 방문한다. "아는 사람만 찾아온다는 보리마당"이 그곳이다. 그곳은 "식당이라고 하기에는 옹색한 지붕이 파란 집"이기도 하다. 이 지붕이 파란 집에 "동네 사람들은 대낮부터 술에 취해 있었"다. "텃밭에는 봄동이 꽃을 피웠"고, "빨랫줄에 걸린 서대 몇 마리 바람에 흔들리고 있었"다. "작은 방에서 서대찜을 기다리는 동안/압력밥솥이 요란스럽게 칙칙거"리는데, 문득 "옆방에서 이난영의 '목포의 눈물'이 들려"온다. 그곳을 돌아다보다가 시인은 "아직도 춤추러 다닌다는 고모를" 확인한다. 어떻게 해야 하나. 잠시 망설이다가 끝내 그는 고모를 아는 척 안 한다. 적금을 탄 시인의 "돈 오백만 원 떼어먹고 소식 없"는 고모를 그냥 용서하고 마는 것이다. (d)

그늘 속 침묵

김광규

몇 차례 민원도 소용 없었다
고층 빌딩이 맞은쪽에 완강하게 들어서며
우리 동네 자랑거리였던 크낙산이
사라져버렸다
해 뜨는 아침의 눈부신 산봉우리
소나무 숲 위로 떠오르는 보름달
모두 빌딩에 가려 보이지 않고
넓은 하늘도 절반이 잘려 나갔다
옥상 스카이라운지는 너무 높아
새들도 날아오르지 못하고
지하 주차장은 너무 깊어
엘리베이터 없이는 출입할 수 없다
햇볕이 모자라 주변 가옥의 앞뜰
화초와 뒷마당 나무들 시들어 죽고
고층 건물 모서리에 부딪혀
바람 소리 더욱 거세지고
매연과 소음이 뿌옇게 길을 뒤덮었다
수백 개의 창문에서 쏟아져 나오는
불빛 때문에 한밤의 어둠마저 빼앗기고
깊은 잠 이룰 수 없다
전망이 막힌 실내에 갇혀 온종일

스마트폰 들여다보고
TV 채널이나 이리저리 돌리면서
대도시 생활이 이런 거지 뭐
고층 건물 그늘 속에서 오늘도
때 없이 라면 끓여 먹으며 하우스푸어
착한 주민들 그저 잠잠할 뿐

(『현대시』 2014년 6월호)

시인이 그리고 있는 시적 공간은 문명화 또는 도시화되면서 변해버린 어느 도시 근교를 연상하게 한다. 새로 들어선 도시적 풍물과 그것에 밀려 사라진 자연들이 서로 교차되면서 도시적 삶의 한계와 그곳에 깃들어 살던 주민들의 고통을 극명하게 보여준다. 고층 빌딩, 스카이라운지, 지하 주차장, 엘리베이터, 창문, 스마트폰, TV 채널 등은 대도시 생활에 익숙한 이미지들이다. 그것들은 생활을 더욱 편리하고 풍요롭게 해주는 대신 매연과 소음이 뒤덮인 길을 걷게 했으며 "어둠마저 빼앗기고/깊은 잠 이룰 수 없"게 했다. 그리고 그것들과 가까이 지내기 시작하면서 산봉우리, 소나무 숲, 보름달, 앞뜰, 화초 등은 차츰 멀어지고 상실한 것들이다. 그런데 정작 더 멀리 사라진 것은 그런 외적 자연의 풍물만이 아니라 이웃들에 대한 관심과 애정이다. 시인은 마지막으로 "몇 차례 민원을 내도 소용 없"음을 알고 체념한 채 "고층 건물 그늘 속에서" 잠잠해진 "하우스푸어", 그 "착한 주민"들을 향해 연민의 시선을 보내고 있다. (c)

연북정(戀北亭)에서

김광렬

북쪽 언 하늘로
날려 보낸 새는 돌아오지 않는다

허공 그 어디쯤에서
꽁꽁
얼어붙었나 보다

아니면 어디 험한 곳
헛발 디뎠나 보다

달콤한 혀는 늘 가까이 머물고
뼈 있는 말은
멀리 유배지에서 고초를 겪는다

예나 지금이나 사람 사는 일
별로 다르지 않다

새를 자꾸 날려 보내는 뜻은
아직도,
심장이 붉기 때문이다

(『제주작가』 2014년 여름호)

훗날 대한민국의 역사서에는 '십상시(十常侍)'나 '지록위마(指鹿爲馬)' 같은 어휘가 등장할 것이다. 십상시란 중국 후한 말 영제(靈帝) 때 정권을 잡고 조정을 농락한 10여 명의 중상시(中常侍), 즉 환관(내시)을 말한다. 중상시는 환관으로 임용되었던 관직명이다. 지록위마란 중국 천하를 통일한 진나라의 시황제가 세상을 뜨자 권력을 잡은 조고(趙高)라는 환관의 일화에서 유래한다. 조고는 2대 황제 호해(胡亥)에게 사슴을 가리켜 말이라고 의도적으로 주장했는데, 그의 권세에 굴복한 신하들 모두 동의한 것이다.

"예나 지금이나 사람 사는 일/별로 다르지 않다". 그리하여 "달콤한 혀는 늘 가까이 머물고/뼈 있는 말은/멀리 유배지에서 고초를 겪는다". 이와 같은 일이 대한민국의 역사서에 언급되는 것은 수치스러운 일이다. 그런데도 권력자들은 반성하지 않고 오히려 비판하는 국민들을 협박한다. 국민들의 주권이 더 이상 유린되어서는 안 된다. 작품의 화자처럼 물러서지 않고 "새를 자꾸 날려 보"내야 한다. 자신의 바른 소리가 먼 유배지에서 고초를 겪을지라도 감수하겠다는 의지가 필요한 시대이다. 대한민국에는 "아직도,/심장이 붉"은 시인들이 있다. (b)

사과 깎기

사각사각 서걱서걱
내 손과 그의 몸이 만들어내는 싱싱한 현장은
그러나 손을 떼면 소리도 사라져
멈칫 지구를 떠난다

지구는 둥글다
옆구리에서 옆구리로 깎이고 깎이어
가늘고 길게 드러눕는 껍질이
속삭이듯 소리를 다오, 소리를 다오
고요하던 그의 목울대에서 리듬이 새어 나온다
축구공을 붙잡으려는 박지성의 절룩이는 두 발도
리듬을 탄다

과도를 탄다
내 손에 힘을 주어 새콤달콤한 그의 몸에 닿을 때만이
들릴 듯 말 듯 소리를 탄다
두 손에 옴쏙 안겨 옷을 벗는 사과
홍조를 띤다

(『미네르바』 2014년 가을호)

화자는 사과를 깎으며 "사각사각 서걱서걱" 소리를 듣는데 그 것은 곧 사과와 화자 사이를 소통시켜주는 언어 이전의 기호이다. 잠시 "손을 떼면 소리도 사라져"버리고 화자는 "멈칫 지구를 떠"나, 언어가 지배하는 삶의 현실로부터 초월을 한다. 그리고 화자는 깎던 사과를 지구와 동일시하며 사과의 껍질이 깎이면서 "소리를 다오"라고 속삭이듯 내는 소리를 듣는다. 그리고 "목울대에서 리듬이 새어 나"오는 것을 듣다가 축구공을 "붙잡으려는 박지성의 절룩이는 두 발도/리듬을 탄다"는 것을 연상한다. '소리'와 '리듬'은 그렇게 대상과 소통하고 나아가 좀 더 긴밀한 접촉을 하여 그 속에 내재된 비밀을 탐색하는 데 필요한 요소일까. 화자는 과도를 타고 사과 껍질을 깎으며 "그의 몸에 닿"아 "들릴 듯 말 듯 소리를 탄다". 비로소 옷을 벗고 홍조를 띠는 사과를 "두 손에 옴쏙 안"는 황홀경을 맛보는 것이다. 아무튼 의미가 주어지지 않은 '소리', 그리고 그것이 일정하게 반복되며 만드는 '리듬'은 대상의 외피를 벗기고 숨은 실재에 다가가는 유용한 '칼'임을 암시한다. (c)

구석

김기택

다 열려 있지만 손과 발이 닿지 않은 곳
비와 걸레가 닿지 않는 곳
벽과 바닥 사이로 들어가 나오지 않는 곳
하루 종일 있지만 하루 종일 없는 곳
한낮에도 보이지 않는 곳
흐르지 않는 공기가 모서리 세워 박힌 곳

오는 듯 마는 듯 날개 달린 먼지가 온다
많은 다리를 데리고 벌레들이 온다
바람과 빛이 통하지 않는 습기와 냄새가 온다
숨어 있던 곰팡이들이 벽을 뚫고 돋아난다

아기 손가락이, 어느 날, 만져본다
문이 없어도 아무도 들어가지 않는 곳
후벼본다 긁어본다 빨아본다
엄마가 없어도 튼튼하고 안전한 곳
머리를 넣어본다 누워본다 뒹굴어본다
손가락으로도 꽉 차지만 온몸이 들어가도 넉넉한 곳

(『현대시』 2014년 10월호)

이 시는 아무도 눈여겨보지 않는 '구석'을 구석구석 보았다는 점도 재미있지만 시행의 끝에서 각운처럼 쓰이고 있는 말들의 쓰임이 매우 흥미롭다. 전체가 3연으로 구성되어 있는데, 1연은 매 행이 '곳'으로 끝나고, 2연은 '-ㄴ다'로 끝나며, 3연은 번갈아가며 '-본다'와 '곳'으로 끝난다. 1연에서 각운처럼 쓰인 '곳'은 내파음이어서 구석의 답답하고 비좁은 느낌과 잘 어울린다. 1연의 '곳' 앞에는 모두 부정적인 수식 어구가 쓰여서 구석의 부정적인 이미지와 상응한다. 반면에 2연의 '온다'와 '돌아난다'는 유음과 양성모음으로 개방적이고 긍정적인 느낌을 준다. 이에 호응하는 주어는 긍정적인 수식 어구를 동반하고 있어 1연과 대조적이다. 3연에서는 앞의 두 가지 시행 구성 방식이 교차 반복되는데, 마지막 부분에서 변화가 일어나면서 눈길을 끈다. "엄마가 없어도 튼튼하고 안전한 곳"에서는 부정과 긍정이 섞여 있고, "손가락으로도 꽉 차지만 온몸이 들어가도 넉넉한 곳"에서는 긍정적인 의미로 마무리된다. 아무 편견이 없는 아기에게 '구석'은 안온하면서도 재미난 놀이터이기 때문이리라. (a)

코르셋

내 이목구비는 아버지를
빼닮았다 오래된 비유에 적합하도록
돌아가신 아버지가 내 얼굴에 확장된다
아버지와 내가 젖은 다시마처럼 겹친다
아버지의 피륙이 나의 피륙과 신표(信標)처럼
똑! 맞아떨어지려고 궁리한다
노심초사 아버지는 나를 감염시키려고 한다
비유는 나를 동반하고 이미지에 가까워졌다
아버지가 나를 입고 늘어지게 순환한다
끈적끈적 점철되는 나
아버지는 나를 연기하고 연기하려고 태어났을까
숨이 막혀요 아버지 이제 그만 나를 떠나세요
이제 그만 나를 호명하세요
아버지가 나를 부를 때마다 내 이름이 비좁아요
짙은 화장을 해도 감춰지지 않는 아버지 얼굴
아버지의 일부가 헐어서 된 내게
복수의 피가 뜨겁게 흐르고
태어날 때부터 헌것이던 나
죽어도 나는 새것이 되긴 틀린 틀
죽어도 단수가 되기 힘든 나
문득 문득 내가 없다,는 사실만 빈 빵틀처럼 사실적이다

호명 밖을 겉도는 나의 실체
내게 밀착하고 좀처럼 변형되지 않는
아버지의 오래된 눈웃음
들실과 날실처럼 뒤엉켜서 나도 주름처럼 웃는다

(『유심』 2014년 11월호)

이미 죽은 아버지의 이목구비를 빼닮은 화자의 얼굴에 아버지가 확장되고 겹치더니 아예 감염시키려고까지 한다. 나아가 아버지가 화자를 입고 순환하여 화자는 숨이 막혀 그만 떠나서 호명하지 말라고 애원을 한다. 아버지는 그렇게 강한 힘으로 화자를 가리고 구속하며 나아가 화자를 대신하기도 한다. 그런 아버지는 몸을 가두면서 남에게 더욱 아름답게 보이게 하는 속옷 '코르셋'처럼 양면적인 존재이다. 그런 아버지가 화자의 이름을 부르는 것을 보면 기호의 세계인 상징계를 움직이는 권력의 상징이다. 그런 아버지 얼굴을 감춰보기 위해 짙은 화장을 하고 복수의 피가 뜨겁게 흐르는 것을 느끼지만 그 억압에서 벗어날 수 없다. 화자는 그 '아버지' 아래서 "내가 없다"는 한계를 깨닫고 "호명 밖을 겉도는 나의 실체"를 확인하며 새것이 되기 위해 안간힘을 쓴다. 그러나 화자는 아버지의 권력에 "들실과 날실처럼 뒤엉켜서" 아버지의 눈웃음을 의식하며 따라 웃어야 하는 운명적인 존재이다. (c)

뻐꾸기 울다

김명인

공터 너머 베다 만 아카시아 숲에서
뻐꾸기 운다, 바뀐 지번 용케 찾아와
산동네 구번지로 우는 뻐꾸기
간벌을 견뎌 유난한 꽃만도 아닌데
울음은 가시에 찔려도 흰빛이다
몸이 넘는 나른한 고비를 일러주는 뻐꾸기
올해의 독경(讀經)을 풍경으로 퍼뜨린다
일자무식 우체부가 저 울음소리만 듣고서도
겨우내 묵힌 편지를 배달하리리
빠른 등기의 여름이 어느새 성큼 와 닿는다

(『현대시학』 2014년 10월호)

모든 것이 변할 때는 변하지 않는 것이 중심이 되어준다. 아카
시아 숲이 베어 나가고 지번이 바뀌어도 어김없이 찾아오는 뻐꾸기가 그러
하다. 이 시에서는 모든 것이 위태롭고 힘겨운 상태에 있다. 아카시아 숲은
간벌로 베어지고, 화자의 몸은 나른한 고비를 넘고 있다. 복잡하고 벅찬 변
화의 시기에 변함없이 중심을 지켜주는 뻐꾸기의 울음은 '독경(讀經)'처럼
경건하다. 흔들림 없는 제 목소리를 내는 뻐꾸기는 '흰빛'의 울음을 운다. 가
시에 찔려도 '핏빛'이 아닌 '흰빛'으로 운다는 것은 웬만한 시련이나 혼돈은
순화시킬 수 있는 상당한 내공을 암시한다. 독경과도 같은 그 '흰빛' 울음에
힘입어 인생의 한 고비를 넘는 몸의 변화도, 세월의 빠른 변화도 자연스럽고
겸허하게 받아들일 만한 것이 된다. (a)

감자를 캐며

김석환

아린 비린내가 난다
호미 끝에 찍혀 나오는 하얀 속살

노름쟁이 남편 몰래
사랑채 처마 끝 이엉 아래
폐병쟁이 아내가 묻어두고 간
피 묻은 지전 동전 몇 닢과

뒤란 장독내에 엎어둔 시루 속에
밤톨 소복이 물어다 놓고
싹트도록 소식 없는 다람쥐 꼬리와

아내 뱃속에 첫아이 남겨두고
가서는 오지 않는 남편 뒤통수와
마당귀를 지키다 삭아버린 짚신과

부엌 바닥 서둘러 파고
씻나락이며 족보 묻어두고
얼어붙은 강을 건너던 종손 일가와
대숲 사이에 걸린 그믐달과

대궁을 당겨보면
줄줄이 딸려 나오는 단단한 음모들
꽃 피운 봄날 목이 잘린 채
어둠 속에 숨어 해와 달 발자국
소리 헤아리느라
깊어진 오목눈들

(『시문학』 2014년 7월호)

작품의 화자가 "호미 끝에 찍혀 나오는 하얀 속살"에서 "아린 비린내"를 맡는 것은 생명을 의식하는 모습이다. "뒤란 장독대에 엎어둔 시루 속에/밤톨 소복이 묻어다 놓고/싹트도록 소식 없는 다람쥐"며, "마당귀를 지키다 삭아버린 짚신" 등을 품는 것이다.

　"호미 끝에 찍혀 나오는 하얀 속살"에서 "아린 비린내"를 맡는 것은 역사의식을 추구하는 모습이기도 하다. "노름쟁이 남편 몰래/사랑채 처마 끝 이엉 아래"에 "피 묻은 지전 동전 몇 닢"을 묻고 세상을 뜬 "폐병쟁이 아내"며, "아내 뱃속에 첫아이 남겨두고/가서는 오지 않는 남편" 등을 품는 것이다.

　대지는 생명과 역사를 품고 있다. 그러므로 대지가 존재하는 한 우주의 역사는 결코 소멸하지 않을 것이다. "부엌 바닥 서둘러 파고/씻나락이며 족보 묻어두고/얼어붙은 강을 건너던 종손 일가와/대숲 사이에 걸린 그믐달" 등은 대지의 "아린 냄새"를 맡고 있는 한 영원할 것이다. (b)

한 사발의 하늘

김승희

인생은 때로 '하필'이란 말이 내려올 때가 있다,
그때 그날 그 시각에
한 사발의 하늘만 있었어도
당신은 다르게 되었을 것이다,
한 사발의 수라보다도 한 움큼의 피보다도
한 그릇의 하늘이 더 소중한 때가
그때였을 것이다,
그것이 가장 큰 황황이었을 것이다
생사의 0 안에서
하늘은 언제나 누구나의 것이었다는 생각이 단말마처럼
스쳤을까,
늘 밥상머리에 하얀 빈 사발 하나를 올려놓을 것이다,
한 그릇의 하늘을 올려놓을 것이다
그리고 그것은 비어 있어서 늘 푸를 것이다
그 하늘 속에서 행복이란 그렇게 쉬울 것이다
단말마의 순간,
가슴에서 사슴으로, 사슴의 가슴으로
저 푸른 하늘 한 사발을 두 손으로 깊이 받을 것이다
푸른 언덕 위 사슴의 가슴으로
꽃이 다치면 잎이 슬프고

잎이 다치면 꽃이 슬프듯이
하늘은 영롱한 빈 사발 안에 충분히 깃들 것이다
환하게 늘 충분한 하늘인 것이다

(『현대시학』 2014년 3월호)

'한 사발의 하늘'이라는 말이 절통하게 느껴지는 것은 세월호 참사의 후유증 탓이리라. 이 시는 그 일이 있기 전에 쓴 시이지만 이상하리만치 그때의 정황과 결부된다. 너무도 많은 '하필'이 계속되면서 그와 같은 거대한 참사가 일어났지만, 거꾸로 "하늘은 언제나 누구나의 것이었다"는 단 하나의 진실만이 지켜졌어도 그 지경에 이르지는 않았을 것이다. "한 사발의 수라"보다도 "한 움큼의 피"보다도 "하얀 빈 사발"에 담긴 하늘의 소중한 의미가 가슴을 친다. 빈 사발은 하늘을 온전히 비추며, 한 하늘 아래서 함께하는 생명의 기쁨과 아픔과 슬픔을 공감할 수 있게 한다. 빈 사발처럼 하늘을 비출 수 있는 마음은 우리 모두가 꽃과 잎처럼 하나로 연결되어 있다는 것을 느낄 수 있게 하고 타인의 처지에 공감할 수 있는 타고난 바탕을 드러낸다. 눈앞을 가리는 한 줌의 욕심으로 인해 잃어버린 것이 무엇인지를 돌아보게 하는 시이다. (a)

한 사람

김 완

부쩍 추워진 이른 아침 출근길이다
첨단 2지구 신용 지하차도 사거리
빨간 신호등 켜진다 질주하던 차들
멈춘다 사거리에, 잠깐 정적이 감돈다
횡단보도 신호등 아래
누군가 팻말을 들고 서 있다
작은 키에 앳된 티가 나는 한 여자

> 9명 해고 조합원 노조원 된다고 전교조 해체
> 부당합니다
> 전교조를 지켜주세요

얼굴 중간까지 닿는 손 팻말
먼발치 차 안에서 눈시울이 뜨겁다
아침부터 누가 그녀를 문밖으로 내치는가
시퍼렇게 멍든 가을이
손사래를 치며 마구 달아난다
겨울 오는 계절에 어두운 비 내리니
이른 아침 한 사람 울고 서 있다

(『문학들』 2014년 봄호)

'평등'의 눈으로 보면 세상에는 억울한 일이 너무 많다, 비상식적인 일이 너무 많다, 한심한 일이 너무 많다. 시인은 어느 "부쩍 추워진 이른 아침 출근길"에 이러한 사실을 목도한다. "빨간 신호등 켜"지고 "질주하던 차들/멈춘다" "첨단 2지구 신용 지하차도 사거리"에서 "누군가 팻말을 들고 서 있"는 것을 본 것이다. 그 누군가는 "작은 키에 앳된 티가 나는 한 여자"이다. 그 여자가 들고 서 있는 팻말에는 "9명 해고 조합원 노조원 된다고 전교조 해체 부당합니다 전교조를 지켜주세요"라고 써 있다. 지금의 집권 세력은 왜 '전교조'를 두려워하는가. '평등'의 눈으로 떳떳하고 당당하게 국가를 운영하지 못하기 때문이다. 시인은 "얼굴 중간까지 닿는 손 팻말"의 주인공인 "작은 키에 앳된 티가 나는 한 여자"를 바라보며 "먼발치 차 안에서 눈시울이 뜨"거워진다. "아침부터" "그녀를 문밖으로 내치는" 사람들을 생각하면 가슴 한편에서는 분노가 일기도 했으리라. (d)

공세리 성당에서

점심을 먹고 햇살이 따가워
주차장 매실나무 아래로 들었네
굵은 매실 몇 알이 툭, 툭
땅을 두드리며 안부를 전했네

튕겨진 매실이 바닥에 닿기 전
그늘은 아래로 깔리어
그 소리를 깊이 감싸 안았네
매실나무는 세 품을 펼치이
그늘에게 말을 걸었네

그늘 위에는 또다시 매실의
잎이 제 가슴을 부려놓았네
구름도 그늘을 포개어놓고
바람은 슬며시 어깨를 문지르고 있었네

개미가 기어가는 길 위로
언젠가 떠난 발자국이 찾아와 있었네
매미는 아직 돌아오지 않았는데
매실 가지는 제 어깨를 넓혀놓았네

(『시와소금』 2014년 가을호)

제목은 '공세리 성당에서'이지만 이 시에서 시인은 '공세리 성당'보다는 성당 "주차장 옆 매실나무"와 매실, 그리고 그늘에 대해 주목하고 있다. 따라서 신(神)의 거소(居所)인 성당과 관련해 생과 사, 그리고 그것을 감싸는 사랑에 대한 깨달음을 노래하고 있는 것이 이 시라고 할 수 있다. 일단은 생과 사에 대한 그의 인식이 "주차장 매실나무 아래로" "굵은 매실 몇 알이 툭, 툭/땅을 두드리며 안부를 전"하는 이미지로 드러나 있는 것을 알 수 있다. 그와 더불어 시인은 "튕겨진 매실이 바닥에 닿기 전/그늘"이 "아래로 깔리어/그 소리를 깊이 감싸 안"는 이미지를 통해 신의 섭리를 강조한다. "제 품을 펼치어/그늘에게 말을" 거는 매실나무의 이미지에게서 생명의 주체를 깨닫기는 어렵지 않다. 신의 섭리와 매실나무의 섭리가 다를 리 있겠는가. "그늘 위에는 또다시 매실의/잎이 제 가슴을 부려놓았네"와 같은 표현은 바로 이에서 비롯된다. 그늘, 즉 신의 사랑으로 존재하기는 구름도, 바람도 마찬가지이다. 순환론을 강조하지 않더라도 "개미가 기어가는 길 위"에는 "언젠가 떠난 발자국이" "돌아오"기 마련이다. (d)

서울행

김용재

대전에서 지하철을 타면
서서 가는 일이 거의 없다
서울에서 지하철을 타면
앉아 가는 일이 거의 없다
앉았다 섰다 졸다 밀리다
오르락내리락하면서
그래도 서울행 넋두리는
지루한 싸움같이 매달린다
무슨 빌이가 있는 것도 아닌데
누군가 후릴 일도 없는데
이제는 대롱대롱 적막감
어울려 뻐개나 볼까
옛 모습 우뚝한 기차역에서
얼굴에 붙는 어둠을 뜯는다

(『불교문예』 2014년 여름호)

요즘 대도시에서 유용한 교통수단인 지하철은 급속도로 발전된 문명과 산업화의 상징일 것이다. 그런데 대전에서는 그것을 타면 "서서 가는 일이 거의 없"고 서울에서는 "앉아서 가는 일이 거의 없다"니 무척 대조적이다. 특히 수도 서울은 경제, 문화, 정치 등 여러 방면에서 중앙 집중적 현상이 일어남에 따라 유입된 인구가 기하급수적으로 증가하였기 때문일 것이다. 그런 서울에서 지하철을 타면 "앉았다 섰다 졸다 밀리다"를 반복하고 "오르락내리락하면서" 다시 갈아타곤 할 수밖에 없다. 그렇게 불편한 곳임에도 불구하고 "서울행 넋두리는/지루한 싸움같이 매달"리는 이유가 무엇일까. 어떤 뚜렷한 목적보다 "적막감"을 잊고 "어울려 뻐개나" 보기 위한, 즉 중앙 집단에 속해 있다는 헛된 우월감 또는 '자아의 집단화'로 잠시나마 공연한 소외 의식을 잊어보기 위한 것인지도 모른다. 화자는 흐르는 세월 속에서도 "옛 모습 우뚝한 기차역"의 어둠 속에서 자신을 돌아보며 밀리는 얼굴들을 지켜보고 있다. (c)

핏물 흐르는 날들

김유섭

빗물받이 홈통을 타고 골목으로
빗물이 쏟아져 나왔다
며칠째 그치지 않는 장맛비였다
고단한 얼굴이 침묵의 잠에 빠져 있는 옥탑방,
한 평 마당에 빗물은 모여서
빗물받이 홈통으로 빨려 들어갔다
오래된 담배꽁초
바닥에 말라붙었던 가래침 자국
실비듬처럼 일어 나풀거리던 시멘트 가루가
땅 밑 우수관으로 쿨럭쿨럭 쓸려갔다
목멘 자장가
싸구려 구두의 가죽 냄새
구부러진 쇠파이프,
깨진 화분, 뜯겨서 빠진 듯한
머리카락이 꼬리를 물고 빗물에 씻겨갔다
누군가 켜놓은 라디오 소리와 함께
빠르게 소용돌이치면서
붉은 핏물이 섞여들기도 했다

(『문장 웹진』 2014년 7월호)

" 빗물받이 홈통을 타고 골목으로/빗물이 쏟아져 나"오는
장면은 장마철에 흔히 볼 수 있다. 빗물 속으로 "오래된 담배꽁초"며 "바닥
에 말라붙었던 가래침 자국"이며 "살비듬처럼 일어 나풀거리던 시멘트 가
루"가 쓸려 내려가는 모습도 마찬가지이다. "싸구려 구두의 가죽 냄새"며
"깨진 화분"이며 "뜯겨서 빠진 듯한/머리카락"도 쓸려간다. 따라서 청소를
하는 것과 같이 속이 시원할 텐데, 작품의 화자는 오히려 "붉은 핏물이 섞여
들"고 있다고 인식한다.

담배꽁초며 가래침 자국이며 시멘트 가루며 값싼 구두 냄새며 깨진 화분
이며 머리카락 등의 비주류들에 "핏물"이 섞여드는 것이 자본주의의 현실이
다. 배우지 못하고 가지지 못하고 권세가 없는 사람들은 육체적으로도 정신
적으로도 피를 흘려야만 살아갈 수 있다. 자본주의 사회는 자기의 이익을 위
해 사람들을 끊임없이 전선으로 내몬다. 사람들은 살아남기 위해 싸울 수밖
에 없는 것이다. (b)

심연의 힘

김윤배

도살된 소의 해체 작업이 시작된다
사내가 작업대 앞에 붉은 얼굴로 선다
잠시 눈을 감는다 경건하다

사내의 칼끝으로 빛이 모인다
섬광은 두려움이다
칼날은 칼끝을 위해서 사선의 길을 낸다
칼날이 베고 지나가는 허공이 있고
칼날이 스치고 지나가는 생이 있다
가끔 사내의 눈빛이 칼날에 베이기도 한다

칼날이 지나간 자리에 칼날은 다시 오지 않는다
베어진 자리를 헤집어 마지막 침묵을 찌르는 것은
칼끝의 심연이다

칼끝의 심연에는 서슬 푸른 칼의 문장이 있다
칼의 문장 하나하나가 선고다
선고는 유예되지 않는다
선고는 심장 깊숙이 박힌다
심장에 박힌 문장은 바코드로 읽히는 묘비명이다

사내는 피 한 방울 흘리지 않고 뼈와 살을 분리한다
분리된 뼈는 눈부시게 하얗다
뼈의 심연으로 햇빛이 쏠린다
뼈가 이루고 있던 형체의 심연으로 그림자들이 늘어선다
선홍빛 살은 경련을 계속한다
살의 심연으로 힘줄이 일어선다
힘줄의 심연이 당겨지며 근육들이 부푼다
근육들의 심연에 힘이 숨겨져 있다

칼끝의 심연이 소의 한생을 완성에 이르게 한다

(『푸른사상』 2014년 여름호)

도살장 풍경의 묘사는 언제나 긴장감을 일으키는데, 이 시 역시 예외가 아니다. 도살 후 해체 작업의 전 과정을 쫓아가는 화자의 눈길은 치밀하고 단호하다. 차갑고 단단한 문장들이 '사내'의 칼끝처럼 예리하다. 이 시의 묘사는 칼의 움직임에만 집중된다. "사선의 길", "허공", "침묵", "심연" 등의 관념어가 두드러지게 쓰이는 것은 그 때문이다. 한 치의 오차도 없이 움직이는 칼의 정밀한 움직임은 단도직입 그 자체이다. 허공을 가르는 침묵의 춤사위처럼 칼날은 정교하게 사선의 길을 낸다. 예리한 칼끝은 뼈와 살과 힘줄의 경계를 한 치도 벗어나지 않고 정확하게 겨눈다. 칼날이 써 내려가는 최고의 문장 안에서 칼끝의 심연과 힘줄의 심연이 어우러지며 한생을 마무리하는 동시에 완성시킨다. 어떤 분야이든 최고의 솜씨에는 더하거나 뺄 것이 없다. 군더더기 없이 빛나는 문장처럼 빈틈없는 칼 솜씨에 모골이 송연해진다. (a)

병상

김은정

초대한 적 없지만 병이 나를 찾아왔다.

병원에 입원하여 의사인 친구에게 말한다.
"경호를 부탁해."
의사인 친구는 나에게 친절하게 대답한다.
"병원은 안전하다."

나는 의사를 무조건 믿는다.
그런데 어느 명인의 조언은 이러하다.

치유를 즐기는 것은 좋지만 무조건 의존하고 빠져서는 안 된다. 의사에게 아무 생각 없이 자신을 맡겨서도 안 된다. 생명과 건강이야말로 인생에서 가장 중요하지만, 가장 중요하기 때문에 저당 잡고 악용하는 경우가 종종 있다. 민주주의 국가라고 해서 진료를 위한 사회적 배분이 잘 이루어지는 것은 아니다. 환자들이 주인이 되는 방향으로 병원이 운영되는 것을 보지 못했다. 어느덧 질병은 막대한 자본과 정치적 권력과 상업 매체의 전략이 깊숙이 작용하고 있는 거대한 황금이다. 따라서 그들에게 혜택을 받은 의료인은 그들로부터 자유롭지 못하다. 보이지 않는 검은 손의 개입이 얼마나 많은가 보라. 대기업이 경영하는 유명한 큰 의료 기관에 입원하지 못했다고 TV에 나오는 의사가 근무하는 큰 병원에서 진료받

지 못했다고 병이 낫지 않던가? 건강이 회복되지 않던가? 오히려
소문난 병원을 찾았을 때 더 위험할 수도 있었다.

진료실 앞 전광판 환자 명단은 마치 투표자 명단 같다.
삶을 방해하는 이런저런 불청의 재앙을 정확하게 판독하고
오류 없이 퇴치한다는 긍정의 투여, 또 하나의 플라시보 같다.

그러기에,
위의 소언은 나에게 발행된 또 다른 처방전인가?

(『문학들』 2014년 겨울호)

현대 자본주의 사회는 전문가들에 의해 주도되고 있다. 전문가들에 의해 사회가 조직되고 운영되고 있는 것이다. 자본주의 사회는 매우 빠르게 변하고 다양하면서도 전문화되고 있기에 전문가의 등장은 불가피하다. "병원"의 "의사"가 그 한 예이다. 사람들이 건강하게 살고 싶어 하는 욕망은 인간의 수명이 늘어남에 따라 더욱 커지고 있기에 "의사"는 등장할 수밖에 없는 것이다.

전문가 계급 중에서 상업적 전문가 혹은 타락한 전문가의 등장이 심화되고 있기에 문제이다. 그들은 사회를 조직하고 운영하는 목적을 자기의 이익을 추구하는 데 두고 있다. 그리하여 비전문가 계급에 속하는 사람들은 전문가 계급의 소비자 혹은 전문가 계급을 위한 생산자에 불과하다.

따라서 "병원은 안전하다"고 "의사를 무조건 믿는" 것은 위험하다. "치유를 즐기는 것은 좋지만 무조건 의존하고 빠"지거나 "의사에게 아무 생각 없이 자신을 맡겨서"는 안 되는 것이다. "어느덧 질병은 막대한 자본과 정치 권력과 상업 매체의 전략이 깊숙이 작용하고 있는 거대한 황금" 시장이다. (b)

기린 방문기

김종미

잘못 만든 가구처럼 불편한 기린이
내가 잡혀온 우리 집으로
한창 동거 중인 슬픔을 관람하러 왔다

이봐, 난 입장료를 내었다구

구름을 뜯어먹어본 적이 있는 기린은
슬픔을 면밀히 감상하기 위해
목을 구부렸다

목이 스크린처럼 내려왔으므로
활짝 핀 조명이 갑자기 시들었다

어둠 속에서 기린의 눈만 밝게 슬픔을 지켜보고 있다
사과벌레처럼 움츠린 슬픔이 깜빡인다
모니터 속 커서처럼
깜빡이는 조울증, 편집증, 공황장애, 대인기피증
슬픔은 상영되어야 해
손가락을 움직인 기분이 마침내 발가락을 움직일 때까지

슬픔은 가까스로 모자가 되어 내 머리 위로 기어 올라왔다

차라투스트라가 되어 외치다가 나를 태우고
시속 이백 킬로로 달리다가 내 앙상한 늑골에 꽝 부딪쳐
피 묻은 머리통이 되었다가
마침내 우리 동네를 가장 오래 기억하는 빵집
갓 구운 빵이 되었다

빵 냄새를 풍기며 스크린이 올라가고
시든 꽃들이 화들짝 피어났다

잘 만든 가구처럼 미학적인 기린이
빵을 길게 찢어 내 입에 넣어주었다
내 입속에 빵을 연주하는 하얀 건반
점점 촉촉하게 점점 축축하게
아주 삼켜버리게
끝내 배설해버리게

(『발견』 2014년 가을호)

"내가 잡혀온 우리 집으로/한참 동거 중인 슬픔을 관람하러"
"기린"이 찾아왔다. 좋은 결과가 기대된다. 기린은 옛날부터 자애심이 깊고
덕망이 높고 재주가 뛰어나고 지혜가 비상한 길조의 동물로 여겨져왔기 때
문이다.

　방문한 "기린"은 "슬픔을 면밀히 감상하기 위해/목을 구부렸다". 그리고
"사과벌레처럼 움츠린 슬픔이 깜빡"이는 모습을 지켜보다가 마침내 "슬픔은
상영되어야" 한다고 말했다. "슬픔"과 함께하고 있는 "조울증, 편집증, 공황
장애, 대인기피증"도 "손가락을 움직인 기분이 마침내 발가락을 움직일 때
까지" "상영되어"야 한다고 말한 것이다. "기린"의 말대로 "슬픔"은 상영되
기 시작했다. "모자가 되어 내 머리 위로 기어 올"랐다가, "차라투스트라가
되어 외치다가", "시속 이백 킬로를 달리다가, 마침내 "갓 구운 빵이" 된 것
이다. "시든 꽃들이 화들짝 피어"난 것이다.

　"빵을 길게 찢어 내 입에 넣어주"기까지 하는 "잘 만든 가구처럼 미학
적인 기린"은 무엇일까? 길조를 상징하는 전설의 동물일까? 긍정적인 자
아일까? 빵을 만들어주는 신(神)일까? 아니면 슬픔을 치유해주는 시(詩)일
까? (b)

오후의 자장가

김종태

하얀 손등을 내보이며 노래하는 이 그 누구인가 아침에 자장가
들으며 깜빡 아기는 새 잠에 들었고 그 아기 깰 때쯤 또 다른 자장
가들이 황금빛으로 소곤댔네 아기 옆에 누워 잠을 청하면 세상 자
장가들 모두 들을 수 있었네 단조와 장조를 오가고 반음과 온음을
넘나드는 음정들이여 잠에서 깨고 싶지 않은 아침의 나는 아기의
전생(前生)을 호명하며 사라져간 마음의 아기들을 생각하네 한번
부른 노래는 다시 부를 수 없을까 아침에서 오후까지 자장가들 음
표가 사라지는 허공으로 귀를 쫑긋했네 아기의 시간도 시간의 아
기도 모두 사라져 지상의 지붕엔 어느덧 그늘이 지는 늦은 오후,
아직 어둡지 않은 이 시간에 자장가도 없이 아기를 부르는 이 그
누구인지

(『작가세계』 2014년 가을호)

라캉은 인간이 자신의 주체를 형성해가는 과정을 거울의 단계, 실 당기기 게임, 오이디푸스 콤플렉스로 보았는데, "자장가"를 듣는 시기는 거울의 단계 이전으로 볼 수 있다. 인간이 자신의 주체를 형성하기 이전의 단계에 해당되는 것이다.

생후 6개월에서 18개월 사이의 인간은 거울의 단계에 들어간다. 자신을 인지하지 못하다가 거울 속에 비친 자신의 얼굴을 보고 비로소 인식하는 것이다. 그리하여 자신을 완전한 존재로, 이상적인 자아로 생각하는데, 그러면서도 자신이 엄마와 분리된 존재라는 사실을 느끼며 소외감을 갖는다. 이에 비해 "자장가"를 듣는 시기는 (혹은 순간은) 자신이 엄마와 분리된 존재라는 것을 느끼지 못한다. 엄마와 동일체 의식을 가져 가장 평온하고 충만하고 행복한 것이다.

인간은 그 상황을 기억하지 못하지만 무의식적으로 저장하고 있다. 그 기억은 "아기의 시간도 시간의 아기도 모두 사라져 지상의 지붕엔 어느덧 그늘이 지는 오후"에 이르러서도 여전하다. 인간에게 가장 행복한 노래, 자장가. 자장 자장 우리 아가, 잘도 잔다 우리 아가. (b)

부산항 3부두

김준태

예나 다름없이 샛푸르다
45년 만에 찾은 부산항 제3부두

1964년부터 1973년까지였지
31만 2,853명 청룡맹호백마부대 병사들은
남십자성 멀고 먼 베트남 전쟁터로 떠났지
미안한 마음도 모르고 미안한 생각도 없이
온 나라가 땅굴로 뚫린 지뢰밭뿐인 나라로

그 시절 돌아오지 못한 4,960명 젊은이 몸
오늘은 파도로 밀려와 방파제를 때리는가
돌아온 병사는 아들 낳고 손자도 낳았는데
돌아오지 못한 병사는 지금도 젊은 넋인가
지금도 도마뱀이 울어대는 베트남 정글인가

45년 만에 찾은 부산항 제3부두
네 말없이 몇 잔의 소주를 부어놓고
경부고속도로를 굴러가는 수백만 대의
Made in Korea 디지털 오토카를 바라본다
Made in Korea 기쁨과 슬픔의 옆얼굴을 본다
청자담배 연기 속에 사라진 따이한 병사들의

노래를 듣는다 그들의 눈동자가 내 가슴팍을
깊숙이 비비는 아 난해한 몸부림을 느낀다

예나 다름없이 태평양 삼각파도가 거세다
내 늙어 45년 만에 찾아온 부산항 제3부두
눈물을 훔치며 베트남으로 떠나던 그때처럼
끼룩 끼루룩 갈매기 떼 울음소리도 여전하다
입술에 젖는 술잔도 얼음 속 칼날처럼 차갑다.

(『작가와 사회』 2014년 가을호)

제1차 인도차이나 전쟁은 1954년 베트남이 승리하면서 종결되었다. 그렇지만 같은 해 7월 제네바 협정에 따라 소련이 지원하는 북부와 미국이 지원하는 남부로 분할되었다. 그 후 북베트남의 게릴라 활동과 남베트남 내의 친공산주의자들이 반란을 일으켜 미국의 개입을 가져온 제2차 인도차이나 전쟁(베트남 전쟁)을 겪었다. 북베트남은 제네바 협정에 따라 보통선거로 베트남에 단일정부를 구성할 것을 주장했으나 미국은 거부하고 반공정부인 남베트남 공화국을 세우고자 했다. 이에 1959년 북베트남이 남베트남 정권을 미국의 하수인이라고 보고 공격했다. 1961년 미국이 도미노 이론을 내세워 정규군을 파견하면서 북베트남과의 전쟁이 시작되었다. 제1차 인도차이나 전쟁이 프랑스의 식민지 건설에 대한 베트남 민중들의 항전이라면, 제2차 인도차이나 전쟁은 미국의 침략에 대한 베트남 민중들의 항전이었다. 1973년 미국이 철수하면서 휴전되었고, 1976년 북베트남의 주도로 베트남사회주의공화국이 탄생되었다.[1)]

그 베트남 전쟁에 "1964년부터 1973년까지" 네 차례에 걸쳐 대한민국의 "31만 2,853명 청룡맹호백마부대 병사들"이 참전했다. 그 결과 "4,960명 젊은이"들이 고국에 돌아오지 못했다. 사망자, 사상자, 실종자, 고엽제로 인한 후유증을 앓고 있는 참전 용사 등 엄청난 군인들이 희생당한 것이다. 파병의 대가로 받은 지원금으로 경부고속도로 건설 등 경제적인 이익을 가져왔지만 희생은 너무 컸다. 그러므로 "45년 만에 찾은 부산항 제3부두/네 말없이 몇 잔의 소주를 부어놓고" 참회하는 우리의 자세는 필요하다. 그 어떤 전쟁도 용인할 수 없는 것이다. (b)

---

1) 송정남, 『베트남의 역사』, 부산대학교 출판부, 2000, 439~603쪽.

빛

김행숙

악몽이란 생생한 법입니다

몇몇 악몽들이 암시했고 별빛이 비추고 있었습니다

저녁노을의 빛과 새벽노을의 빛 사이에 별이 못처럼 꽝꽝 박히고 새파란 초승달이 돋아나 가장 어려운 각도로 서 있습니다

휘청하는 순간처럼 달빛이 검은 천막을 찢고 있었습니다

별이 못이라면 길이를 잴 수 없이 긴 못, 누구의 가슴에도 깊이를 알 수 없이 깊은 못입니다

오늘 밤하늘은 밤바다처럼 빛을 내는 것이 세상에서 가장 어려운 일인 섯 같습니다

꿈이 아니라면 이제부터 진짜 악몽이라는 듯이 동쪽에서 번지는 새벽노을이 얼룩을 일그러뜨리며 뒤척입니다, 어디에 닿아도

빛을 비추며 아이를 찾아야 했습니다

서로서로 빛을 비추며 죽은 아이를 찾아야 했습니다

어디서 날이 밝아온다고 아무도 말하지 못했습니다

(『현대시』 2014년 6월호)

난폭한 혼돈의 시대를 지나와 다시는 반복될 것 같지 않았던 집단적 트라우마가 또다시 발생했다. 세월호 참사 이후 우리 서정시는 좀처럼 작동시키지 않던 떼울음을 울고 있다. 기본적인 상식이 묵살되고 기본적인 생명이 압살되는 참극 앞에서 차마 눈길을 돌릴 수 없는 기본적인 양심 때문이다. 세월호 이후 기존의 통념들은 의문과 반어의 덫을 쉽사리 빠져나가지 못한다. '빛'은 아마도 '희망'의 상징이었을 것이다. 그런데 그 "빛을 내는 것"이 이제 "세상에서 가장 어려운 일"이 되고 말았다. 별빛은 "길이를 잴 수 없이 긴 못"처럼 무섭게 가슴을 찌르고, 달빛은 날카로운 각도로 밤하늘의 검은 천막을 찢는다. 새날을 알리는 새벽노을조차 끔찍한 악몽을 예고하며 불길한 손길을 뒤척인다. 날이 밝아오는 것이 희망이 아닌 절망의 서주가 되는 역전의 경험으로 인해 우리 서정시는 한동안 더 어지럽고 힘겨울 것이다. (a)

자화상, 견생견사

김화순

나를 키운 건 팔 할이 개다
행복하거나 지루하거나 슬플 때마다 나는
개처럼 뒹굴거나 꼬리를 말아 쥐고 납작 웅크렸다
내가 세상을 삐딱하게 바라보게 된 것도
환상을 야금야금 즐기게 된 것도
모두 개 덕분이다

편견, 선입견, 발견, 혹은 광견들은
먹이를 위해 아양 떠는 법과
하얀 배를 보여주며 굴복하는 법과
나를 향해 컹컹 짖는 법을 알려주었다
사랑이 떠났을 때 나는 광견처럼
질문과 욕설을 질질 흘리며 나를 깨물고 발길질했다
엄마가 은하계 어느 별로 여행을 떠났을 때
빈자리 가득 채운 만 개의 죽음을 발견했다
선입견은 내 마음의 꼬리를 슬쩍 감추게 했고
참견은 졸졸 따라다니며 딸처럼 간섭을 했고
편견은 절뚝이며 시간을 건너게 했다

내 안에서 끊임없이 새끼치는 개들
그중 일견과 선견의 선연한 눈빛은

심연의 바다 속에서 으르렁거리고 있다
참, 유난히 내 품을 파고들던 개가
털색이 하얀 백무늬불여일견이었나?
수심을 알 수 없던 까만 눈의 백문이불여일견이었나?
개 같은 내 인생
개처럼 헐떡거리며 나, 여기까지 왔다

(웹진 『시인광장』 2014년 9월호)

미당은 시 '자화상'에서 "나를 키운 건 팔 할이 바람이다"라고 했는데 시인은 '바람'을 "개"로 바꾸며 패러디를 시작한다. 희비가 엇갈리는 삶 속에서 행동하고 생각하며 환상을 즐긴 것이 "개 덕분"이라는 것이다. 그 '개'의 한자어 '견(犬)'의 기표는 "편견, 선입견, 발견, 혹은 광견" 등에 등장하며 일상적으로 '견(見)'—'보다'는 의미를 갖기도 한다. 시인은 그 관념어를 모두 '개'로 사물화하여 앞 연에서 고백한 삶의 과정을 구체화하여 보여준다. 그러한 기표의 유희는 타자의 욕망이 얽힌 일상 속에서 자신의 고유한 욕망을 억압하고 상처를 스스로 다스리면서 "절뚝이며 시간을 건너"온 시인의 내면을 효율적으로 암시한다. 그렇게 삶을 반추하는 시인은 내면에서 "끊임없이 새끼치는 개들" 중 "일견과 선견의 선연한 눈빛"을 본다. 그리고 자신의 고유한 욕망의 실체인 '개'가 "심연의 바다 속", 그 무의식의 깊이에 소외된 채 잠복해 있는 것을 본다. '행동하는 나'와 '욕망하는 나'가 "백무늬불여일견"이라 서로 다른데 "백문이불여일견"이라니…… 자신의 참된 얼굴을 찾기란 쉽지 않은 것 같다. (c)

콩국이 끓는 시간

김효선

가장 추운 날 콩국을 끓인다.
연애의 마지막처럼 비릿하고 은밀한 빛깔,
적당한 온도란 얼마나 하염없는 기다림인가.
어디로 가야 우연이 운명을 만나게 되는지
알 수 없다, 오래 끓을수록 자주 놓치는
절망을 끌어안을 때 사랑의 부피는 정해진다.
채로 썬 무와 콩을 갈아 넣는 것이 전부.
단순해지기 위해 나는 너에게 몸을 허락했고,
점점 비릿한 것들이 섞이고 섞여
단단했던 기억들이 지워졌다.
콩국은 누구나 끓일 수 있지만 아무나
끓일 수 없는 것.
순식간에 흘러넘치고, 흘러넘치는 것만으로도
바닥은 순식간에 얼룩을 기억한다.
뚜껑을 열어도 끓어 넘쳐, 그것은 가끔
아직 오지 않은 이별을 예감하기도 한다.

겨울이면
비릿한 네가 내 안에서 끓고 있다.

(『다층』 2014년 봄호)

"콩국"은 "연애의 마지막처럼 비릿하고 은밀한 빛깔"을 띠기에 제대로 끓이기 위해서는 "적당한 온도"가 필요하다. 그렇지만 그것이 쉽지 않아 "하염없는 기다림"의 시간을 가져야 한다. 그리고 "어디로 가야 우연이 운명을 만나게 되는지/알 수 없"지만, "오래 끓을수록 자주 놓치는/절망을 끌어안"아야 한다. "콩국은 누구나 끓일 수 있지만 아무나/끓일 수 없"다. "비릿한 네가 내 안에서 끓고 있"는 사람만이, 사랑하는 마음을 가지고 있는 사람만이 끓일 수 있는 일이다.

　"콩국"을 끓이는 자세는 물질과 속도가 지배하는 이 자본주의 사회에서는 예외적인 것이다. "콩국"의 빛깔도 냄새도 맛도 원시적인 것이기에 원시적인 시간이 필요하다. 따라서 "콩국"을 끓이는 것은 가장 자연스러운 사랑을 추구하는 것이다. 자본주의는 인간의 사랑을 물질로 변질시켜 점점 딱딱하고 날카롭게 만든다. 그와 같은 사랑에는 조건과 계약이 그림자처럼 붙어 있다. 따라서 "비릿한 것들이 섞이고 섞"인 "콩국"을 끓이는 일은 물질화된 사랑을 인간의 사랑으로 회복시킨다. "비릿한" 사랑이 생명을 낳는다. (b)

연곡천—봄, 이유

류승도

매년 도화 필 때 황어 떼가 올라온다

나로부터 시조까지 찾아가기 위하여 한 겹씩 풀어나가는 한지
두루마리의 가승처럼
바다에서 하천으로 물결을 길게 거스르는 유선형 물고기의 편
대가 어약(魚躍), 힘차게 봄을 행진한다

연곡의 태몽에 꽃 색과 향기가 자욱한데
모천회귀의 운명처럼 강바닥의 자갈밭과 모래밭이 어찌 그리
환히 보이는지,

멀리 다시 가야 할 바닷길을 잊고 혼신의 몸을 푼다. 흰 아랫배
에 난생의 길이 잠시 비추고 수많은 생들이 쏟아져 나온다

계곡에 날리는 꽃잎과 같은 기억, 펄펄, 이어져야 하리니, 이어
져야 하리니, 그러나

오늘의 연곡천은 황어의 길이 되지 못하네
뚫어놓은 어도는 보를 막은 사람의 생각처럼 좁고 험한 길, 힘
찬 점프를 해보지만 보를 넘지 못하네

난생의 인연이 비롯된 소금강의 깊은 곳의 도화를 다만 머릿속으로 그리며, 연곡의 문밖에 난들을 쏟네

사는 것이 받은 것을 돌려주기 위한 것, 그리하여 생명의 끈을 잇기 위한 것, 생 이전에 이미 알았기에, 피를 제단에 바치려 하였으나, 죄의 사함을 받으려 하였으나

의식을 치르지 못한 황어가 지느러미를 흔들어 삶의 방향을 돌리는 시간, 위에서 기다리는 입들이 허전하네, 캄캄하네

(『시와세계』 2014년 가을호)

모천회귀하는 물고기들의 움직임에는 특유의 장엄미가
깃든다. 물의 흐름을 거슬러 기어이 모천에 이르러야 하는 고단한 운명과 지
난한 고투의 과정을 상기시키기 때문이다. 이 시에서는 연곡천을 거슬러 오
르는 황어 떼들을 통해 모천회귀의 비장한 의미를 되새기고 있다. 모천을 향
해 부단히 헤엄쳐 가는 물고기들은 자신의 연원을 기억하고자 애쓰는 인간
들의 행위를 능가하는 듯하다. 강바닥의 자갈밭과 모래밭에 금이라도 그어
져 있는지 모천을 향한 그들의 움직임은 망설임이 없다. 그런데 이 시에서
는 황어 떼의 모천회귀 본능을 확인하는 데서 그치지 않는다. 시의 후반부에
서는 그들이 모천에 이르는 데 있어 발생하는 예기치 않은 문제점을 지적한
다. "오늘의 연곡천"은 황어의 길을 막아 버린다는 것이다. 어도라고 만들어
놓은 보가 너무 좁고 험해 물고기들이 넘지 못하기 때문이다. 개발의 논리로
파헤친 하천에 자연보호라는 명목으로 알량하게 만들어 놓은 어도는 물고기
들의 그토록 강력한 모천회귀 본능으로도 뛰어넘기가 힘들다. 이 정도밖에
안 되는 인간의 머리로 어떻게 물고기의 머리를 비웃을 수 있을까 싶다. (a)

다섯 번째 맛

혀끝의 매운맛은, 정작
아픈 맛이라는 말에
아픈 것에도 맛이 있다는 게
좀 이상하게 들렸는데, 그럼
단맛은 간지러움의 맛이고
신맛은 미움의 맛일까.
절망도 행복도 맛이 있다는 것,
더운 것이나 추운 것도
혀에게는 맛으로만 느껴진다는데
내게 오는 매일의 텅 빈 맛은
어디서 만날 어려운 하루일까.

빈 맛은 나이 탓만이 아니리.
손금에 자세히 만져지는 깊은 물길,
간절한 슬픔의 맛은 왜 따뜻할까.
하늘을 헤집고 내게 오는 친구여,
두 눈에 맺히는 소중한 맛이여.

(『시와반시』 2014년 여름호)

다섯 가지 맛이라는 짠맛, 쓴맛, 신맛, 단맛, 매운맛 중에서 매운
맛은 유독 통각이라고 한다. 이 시는 아픈 것도 맛일까 하는 보편적인 의문
에서 출발한다. '아픔'이 매운맛이라면 단맛은 간지러움이고 신맛은 미움의
맛이란 말인가 하는 물음이 재미나다. 딴은 랭보는 소리의 색깔을 상상해보
지 않았던가. "A는 검정색, E는 흰색, I는 빨강색, U는 초록색, O는 파랑색"
이라고. 어떤 것이든 맛으로 느끼는 혀에게 하루는 어떤 맛일까? 시인의 혀
에는 그것이 '텅 빈 맛'으로 느껴졌던가 보다. 빈 맛으로 느껴지는 나날의 삶
은 다시 손금에 만져지는 깊은 물길과 연결된다. 물길은 슬픔의 맛을 연상시
키고 그것은 차갑다기보다는 따뜻하다. 슬픔의 맛 중에 최고의 맛은 눈물의
맛이리라. 눈물은 슬픔이 밀려올 때면 언제든 "하늘을 헤집고 내게 오는 친
구"이며 "두 눈에 맺히는 소중한 맛"이다. 우리 시에서 흔치 않은 미각을 탐
구한 시로 슬프면서도 따뜻한 감성이 인상적이다. (a)

표준에 대하여

맹문재

방귀는 나왔습니까 기침은 했습니까 변은 보았습니까 소변 색
깔은 괜찮습니까

그렇다고 하니 잘되었습니다
아니라고 하니 좀 더 노력하세요

표준에 들어와야 살아날 수 있다는 전문가의 명령에 나는 기꺼
이 복종한다

시를 제대로 쓰기 위해서는 표준으로부터 벗어나야 한다고 생
각했는데 창조란 표준을 파괴하는 것이라고 여겼는데
혁명이란 비표준을 추구하는 일이라고 믿었는데

표준이 오히려 생명을 살린다니

무엇이 표준인가 어디까지가 표준인가 표준의 비표준이 있는가
비표준의 표준이 가능한가

과연 수술실에 있는 순간만큼 나는 표준을 추구했는가

(『동리목월』 2014년 봄호)

'표준'은 시인이나 혁명가와는 거리가 먼 말이다. 되도록 표준에서 벗어나 새로운 세계를 창조하는 것이 그들의 일이다. 창조의 열망으로 가득한 그들에게 표준이란 벗어나야 할 갑갑한 틀에 불과하다. 표준에서 얼마나 많이 벗어나는지가 새로움의 정도를 결정짓는다. 표준을 파괴하여 창조에 도달하고자 평생을 정진해온 시인에게 표준 수치가 긴박하게 요구되는 수술 경험은 기존의 인식을 전면적으로 되돌아보게 한다. 표준에 들어야만 생명이 보장되는 가장 원초적인 삶의 조건을 확인하게 된 것이다. 표준을 벗어나야 하는 예술의 생명과 표준을 지켜야 하는 육신의 생명이 아이러니하게 대결한다. 표준을 벗어나 창조적으로 도약하고자 하는 예술적 혹은 혁명적 열망은 육신이 표준에서 벗어나지 않아야만 실현 가능하다. 생명이 요구하는 표준의 중요성을 절감함으로써 '표준'에 대한 사유는 이렇게 새로워진다. (a)

엉덩이의 힘

문 숙

항아리만 한 호박들이 싱싱한 줄기에 매달린 채 모두 썩었다
다 익을 때까지 엉덩이를 자주 돌려주어야 하는 걸 몰랐다

엉덩이를 바닥에 붙이고 한곳만 질기게 바라보았다
내가 바라보는 쪽이 무조건 앞이라 우기는 습성도
한 번도 엉덩이를 돌려보지 않은 탓이다
여름과 가을을 지나며 내가 가꾼 호박 농사를 망친 이유다

자주 엉덩이를 뗐다 붙였다
앞도 보고 뒤도 보는 자가 출세도 잘한다
새들도 구애를 할 때는 엉덩이를 치켜들고 빙빙 돈다
배꼽을 드러내고 엉덩이를 요란하게 흔드는 벨리댄스도
천박함을 벗어나 세계적인 춤으로 박수를 받는다

인간의 엉덩이가 뒤쪽에 붙어서 크고 무겁게 진화해온 것은
죽어라 앞으로만 걷는 인간의 습성 때문이다
제자리에서 중심을 잘 잡고 중력을 잘 견디려면
자주 엉덩이를 돌려야 한다

골고루 잘 영그는 힘은 엉덩이를 움직일 때 생긴다
노인이 되어서야 비로소 엉덩이가 홀쭉해지는 것은 그 때문이다

(『열린시학』 2014년 봄호)

"싱싱한 줄기에 매달린 채" "항아리만 한 호박들이 모두 썩"
은 이유가 무엇인가. 제대로 "다 익을 때까지 엉덩이를 자주/돌려주"지 않았
기 때문이다. 문제는 이때의 엉덩이이다. 호박의 엉덩이를 시인은 이내 사
람의 엉덩이로 받아들인다. 일종의 알레고리로 받아들이는 것이다. 그리하
여 그는 "내가 바라보는 쪽이 무조건 앞이라 우기는 습성"이 "한 번도 엉덩이
를 돌려보지 않은 탓"이라고 노래한다. "엉덩이를 바닥에 붙이고 한 곳만 질
기게 바라"보아온 것이 그이다. 마침내 그는 "자주 엉덩이를 뗐다 붙였다/앞
도 보고 뒤도 보는 자가 출세도 잘한다"고 노래한다. 이렇게 되면 그의 언술
은 엉덩이를 잘 놀린 사람에 대한 일종의 야유가 된다. 그러면서도 그는 "새
들도 구애를 할 때는 엉덩이를 치켜들고 빙빙" 도는 것으로 보면, "배꼽을 드
러내고 엉덩이를 요란하게 흔드는 벨리댄스"가 "세계적인 춤으로 박수를 받
는" 것으로 보면 그것이 무조건 야유만 할 것이 아니라는 생각도 한다. 그가
보기에 "제자리에서 중심을 잘 잡고 중력을 잘 견디려면/자주 엉덩이를 돌려
야" 하는 것은 사실이다. (d)

독재자에 대하여

문정희

말벌처럼 허리 부러진 페닌슐라!
이 반도의 아래쪽이 나의 고향입니다
독재자들이 철따라 출몰한 땅! 초등학교 때는
수업을 전폐하고 대통령 할아버지라는 글을 쓰기도 했어요
탱크를 밀고 나온 군인들이 새로 길을 만들고
선거를 악용하며 버티는 사이
나의 젊음은 최루탄 속에 시들어갔어요
북쪽에는 더 미친 독재자가 있다고 겁주던
노회한 독재자들이었어요
문학을 했지만 문자옥(文字獄)이 두려워
무사하게 사는 법부터 터득했습니다
인간이 무엇인지 알기도 전에
서둘러 결혼 속으로 도망쳤지만
결혼 속에도 독재자는 있었어요
그는 더욱 난해한 모습으로 삶을 애무하며
지배와 행복의 명분을 세워 나갔어요
혼자 때리고 혼자 깨어지는 무정란 같은 언어를 들고
비겁하게 침묵을 지키다가 가끔 모호한 시를 썼어요
속도와 물신 앞에 무릎 꿇지 않으려고 버둥거렸지만
시간의 검푸른 이끼 속으로 빨려들어갔어요
이윽고 내 안의 늙은 독재자가 나를 덮쳤어요

(『시인수첩』 2014년 겨울호)

독재자에 대한 시인의 상념을 담고 있는 시이다. 시인은 자신에게 묻는다. 독재자는 언제 어디에 있나. 우선은 어렸을 때 "나의 고향인" "말벌처럼 허리 부러진" "반도의 아래쪽"에 독재자가 있었다고 노래한다. "이 반도의 아래쪽"인 "나의 고향"은 "독재자들이 철따라 출몰한 땅"이기도 하다. "초등학교 때는/수업을 전폐하고 대통령 할아버지라는 글을 쓰기도" 한다. "탱크를 밀고 나온 군인들" 독재자도 있었는데, 그때는 "젊음"이 "최루탄 속에 시들어가"는 듯한 고통을 겪는다. 반도의 "북쪽에는 더 미친 독재자가 있다고 겁주던" 것이 이들 "노회한 독재자들이"다. "문학을 했지만 문자옥(文字獄)이 두려워/무사하게 사는 법부터 터득했"던 것이 그이다. "서둘러 결혼 속으로 도망쳤지만/결혼 속에도 독재자는 있었"다. "속도와 물신 앞에 무릎 꿇지 않으려고 버둥거렸지만/시간의 검푸른 이끼 속으로 빨려들어"간 시인은 "이윽고 내 안의 늙은 독재자가 나를 덮쳐"오는 환상을 갖는다. 시인 자신의 안에도 독재자는 있는 것이다. (d)

겨울 숲

문태준

숲에 새집이 이처럼 많았다니
높은 고립이 이처럼 많았다니

동트는 숲 위로 날아오른
은사(隱士)들은
북쪽 하늘로 들어가네

풍막(風幕)을 이쪽 겨울에 걸어놓은 채

풍막은 홀로 하늘 일각(一角)을 흔드네

음지에는 잔설이 눈을 내리감네

(『포지션』 2014년 봄호)

우리 현대시는 몇 차례 드높은 정신의 인상적인 장면들을 얻은 바 있는데, 가령 백석의 "그 드물다는 굳고 정한 갈매나무"(「남신의주유동박시봉방」)나 조정권의 "가장 높은 정신은 가장 추운 곳을 향하는 법"(「산정묘지」)과 같은 구절이 그러하다. 문태준의 이 시 역시 요즘 시로는 드물게 지고한 정신의 경지를 보여준다. "숲에 새집이 이처럼 많았다니"라는 진술이 "높은 고립이 이처럼 많았다니"라는 진술로 비약하면서 이 시의 정신적 지향성은 분명해진다. '새집'은 "높은 고립"이 되는 순간 단순한 주거의 의미를 넘어서 정신적 입지를 드러내는 지표가 된다. 밤새 높은 고립을 견뎌낸 새들은 동트는 숲 위를 날아 북쪽 하늘로 들어간다. 정신적 비약과 함께 동안거를 마치고 다른 세계로 들어가는 은사들 같다. "이쪽 겨울"에 남은 풍막만이 쓸쓸히 그들의 은거지를 증명한다. 음지의 잔설 또한 눈을 내리감고 얼마 남지 않은 동안거의 수련에 집중하는 모습이다. 머지않아 잔설 또한 이쪽 겨울을 지나 다른 세계로 사라질 것이다. 고요하면서도 고도로 집중되어 있는 겨울 숲의 풍경이 정밀(靜謐)하고 아름답다. (a)

기차를 기다리며

박관서

멀리 불빛을 보네
외딴 전철기 막사에 앉아
오지 않는 기차를 기다리네
풀벌레 울음 가슴을 치네
에이 몹쓸 것, 뜯어내어
풀어주네 수풀 밭으로
낮에는 소주를 마셨네
작업복에 담겨 평생을
철길 아래 침목으로 누워
기차를 기다리는 동료들
슬슬 꼬드겨 한 컵 가득
소주를 마셨네 모처럼
수은 불빛으로 타올랐네
흐린 낯빛으로 낮게 깔린
기름 먹은 하늘을 불러 모아
스파이크 대못으로 쾅 쾅
두드려 박았네 한 치의
틈도 없이 서로를 결박하였네
그제야 삼천오백만 육십 킬로를
달려온 밤 기차가 지나갔네
천둥처럼 소문처럼 깜박
깜박 별들이 솟아올랐네

(『시와시』 2014년 봄호)

"작업복에 담겨 평생을/철길 아래 침목으로 누"운 노동자들에게 "기차를 기다리는" 일은 생의 목표이다. 그렇지만 그들에게 "기차"는 쉽게 오지 않는다. 먼 곳에서 반짝이는 "불빛"을 보며 "외딴 전철기 막사에 앉아" 기다리지만 여전히 오지 않는다. 기다림이 깊어지면 강박증이 오고 결국 병들게 된다. 그 어떤 목표도 병든 몸으로는 이룰 수 없다.

그리하여 작품의 화자는 "소주를 마셨"다. 그 자신만이 아니라 "동료들/슬슬 꼬드겨" 함께 마셨다. 그들이 소주를 마신 것은 오지 않는 "기차"에 대한 불만이나 불안감을 극복하려는 행동이었다. 여유를 가지고 자신의 주체성을 회복시킨 것이다. 그리하여 마침내 그들의 가슴은 "수은 불빛으로 타올랐"다. 그와 같은 용기와 결단에 "기차"가 오지 않을 리 없었다. 오지 않았다고 하더라도 잃은 것은 없었다. 주체성을 회복시키는 연대의 힘을 만들었기 때문이다. (b)

지리산 철쭉제

박남희

해마다 지리산 운봉엔 철쭉제가 한창이다
오랜 세월 흙 속에 숨어 있던 색이
비로소 얼굴을 드러낸다

계곡마다 물이 불고
흘러가는 여울에 꽃잎이 떨어진다
꽃잎 속에 든 수천 년의 이야기도
저렇듯 한순간에 진다
흐르는 것과 떨어지는 것이 만나면
역사가 된다

꽃은 흙의 역사를 모르고도 꽃을 피운다
흙에 스민 수천 년 피의 역사는
아무것도 모른 채 꽃으로 피어서 붉다

물도 오랜 세월 흐르다 보면
소리는 지워지고 빛만 남는다고
봄이면 지리산 자락에 철쭉이 붉다
철쭉은 흙이 붉히던 지리산의 내력도 모른 채
꽃대궁을 수직으로 밀어 올려 꽃을 피운다

인간은 미래를 알 수 없는 수평의 길을 걸어
죽음에 이르지만
꽃은 수직의 길을 빛으로 밀어 올려
해마다 꽃을 피운다

역사를 모르고도 꽃은 늘 아름답다

(『열린시학』 2014년 봄호)

한때는 빈산과 공산을 노래한 것이 이 나라의 시인이다. 하지만 이 시의 시인이 노래하는 "지리산 운봉엔" 지금 "철쭉제가 한창이다". 이때의 지리산에는 민족의 핏빛 역사가 깊이 숨어 있다. "오랜 세월 흙 속에 숨어 있던 색이" 철쭉꽃과 더불어 이제 "비로소 얼굴을 드러"낸 것이다. 철쭉꽃 "꽃잎이 떨어"지면 "꽃잎 속에 든 수천 년의 이야기도" "한순간에" 지는 법이다. "흐르는 것과 떨어지는 것이 만나면"서 이미 "역사가" 된 이야기 말이다. 본래 "꽃은 흙의 역사를 모르고도 꽃을 피운다". "흙에 스민 수천 년 피의 역사는/아무것도 모른 채" 피어오르는 것이 철쭉꽃이다. "수직의 길을 빛으로 밀어 올려/해마다 꽃을 피"우는 철쭉이라니! "흙이 붉히던 지리산의 내력도 모른 채/꽃대궁을 수직으로 밀어 올려 꽃을 피"우는 철쭉을 바라보는 시인의 마음이 아프다. "역사를 모르고도 꽃은 늘 아름답다"는 것이 그의 마음을 더욱 아프게 한다. (d)

남산만 한 배

박만진

남산만 한 배,
왜 남산만 하다고 하나
남산은 그 사실을 알고 있나
예부터 알면서도
짐짓 모르는 체하고 있나
남산만 한 배라고
말하는 사람,
진작 남산은 가보았나
아차산만 한 배라고 하면 안 되나
보문산만 한 배라고 하면 안 되나
유달산만 한 배라고 하면 안 되나
팔공산만 한 배라고 하면 안 되나
이따금 거리에서
버스 터미널에서
마트에서
저자에서
남산만 한 배를 보았네
그때 그 베트남 여인,
그때 그 필리핀 여인,
그때 그 우즈베키스탄 여인,
그때 그 스리랑카 여인,

달 달 무슨 달
쟁반같이 둥근 달이 뜨는
거뭇한 남산이 있어
서울에 사람들이 넘쳐나나
남산만 한 배,
왜 남산만 하다고 하나

(『시문학』 2014년 11월호)

시인은 지금 임신한 여자의 배를 두고 "왜 남산만 하다고 하나"라는 질문에 빠져 있다. 이때의 질문은 남산이 "그 사실을 알고 있나/예부터 알면서도/짐짓 모르는 체하고 있나"로 이어진다. 계속해서 시인은 "남산만 한 배라고/말하는 사람,/진작 남산은 가보았나"라고 질문한다. 이들 질문에는 얼핏 아무 의미도 들어 있지 않은 듯싶다. 하지만 그렇지 않다. "아차산만 한 배, 보문산만 한 배, 유달산만 한 배", "팔공산만 한 배라고" 부르지 않는 "남산만 한 배"를 그가 "이따금 거리에서/버스 터미널에서/마트에서/저자에서" 만나기 때문이다. 이때의 그 "남산만 한 배"의 주인공이 한국의 여인이 아니라 "베트남 여인", "필리핀 여인", "우즈베키스탄 여인", "스리랑카 여인"이라는 점을 알아야 한다. 남산에 걸려 있는 달을 두고 "달 달 무슨 달/쟁반같이 둥근 달", 어디어디 떴나 남산 위에 떴지라고 노래할 때의 '남산'이 이제는 이 나라 여인의 임신한 배에 비유될 수 없게 된 것이다. 그러니 앞으로는 임신한 여인의 배를 "남산만 한 배"라고 부르면 안 되는 것 아닌가. (d)

죽은 척하기

박미라

눈을 떴다 감았다 한다는 생태를 쿡쿡 찔러본다 '눈 안 뜨는데요'
'죽은 척하는 거예요' 은밀한 대답을 듣는다

사내는 공연히 너털웃음을 웃고
내가 한 번 사내가 두 번 한숨을 쉬고 흥정이 끝났다

죽은 척하는 생태를 단번에 토막낸다
죽은 척하느라 축 늘어졌던 몸뚱이가 크게 한 번 바닥을 친다
제가 저를 조문하듯 흐린 비린내가 뭉클뭉클 번지고
이빨이라도 악물고 있었을까 검붉은 핏물 도마를 적신다

마침내 고요하다

누가 큰 칼을 들고 내 마음으로 오너라
와서, 죽은 척하는 것들을 모두 베어라
삼나무 숲처럼 우거진 그곳에 길을 내어라

마침내 바람이 지나가게 하라

(『작가마당』 2014년)

죽음을 그럴듯하게 꾸미는 행동은 살아남으려는 자의 전략이기에 부정할 수 없다. 가령 덩치가 작은 동물이 큰 상대를 만났을 때 죽은 척하는 모습은 자신의 생명을 살리려고 하는 지혜이기에 인정할 수 있다. 이 세상에 존재하는 자에게 목숨이란 그 어떠한 가치와도 바꿀 수 없는 것이다.

그렇지만 안일함이나 타협하는 자세로 "죽은 척하는" 행동은 바로잡아야 한다. 그것은 진정한 지혜가 아니라 회피이기 때문이다. 그러므로 작품의 화자처럼 "누가 큰 칼을 들고 내 마음으로 오너라/와서, 죽은 척하는 것들을 모두 베어라"라고 자신에게 단호하게 명령할 필요가 있다.

이와 같은 행동이 시인의 자세이다. 마치 김남주 시인이 온몸으로 추구했던 모습과 같은 것이다. 온몸으로 자신을 밀어가기가 어렵고, 밀어간다고 해도 새로운 세상이 도래하지 않을 것 같은 시대이다. 그리하여 "죽은 척하는" 자신의 마음을 베어내 "삼나무 숲처럼 우거진 그곳에 길을 내어" "마침내 바람이 지나가게 하라"고 외치는 목소리는 우리를 각성시킨다. (b)

송별회

박상수

어쩌다 이런 날 걸려들었을까?

손님들이 다 떠난 가게, 셔터를 내리고 우리는 둘러앉았지 주거니 받거니 잔을 비우다가 매니저 아저씨는 폰을 꺼내 들었어, 됐다고, 글쎄 엄청 됐다고 웃어줬는데도 내 옆자리로 왔지 딸 사진을 들이대면서 한 번만 봐달래, 못생겼지? 그 말을 자기 입으로 하면서

정말 미안해, 아가야! 뜯어보니까 너네 아빠를…… 호되게도 닮았구나…… 마음이 너무 아파서 아저씨 술잔을 채워드렸지 아저씨는 엉덩이를 붙여 앉았어 이대로 사진첩을 모두 털 생각일까, 오늘의 주인공 건너편 여자 알바 애는 자기 폰이랑 합체한 지 오래

계곡이 제일 싫어, 벌레가 많지
맞아!
게다가 물건들이 다 떠내려가잖아?
맞아 맞아!!

우린 제법 말이 통했는데…… 제발 같이 남아달라고, 오늘 같이 안 남아주면 무슨 일을 당할지도 모른다고, 네가 애원해서 남았지만, 이 아저씨, 왜 나한테만 달라붙을까, 이번엔 아내 얘기를

쏟아내며 젖어 들어갔다 메이드룩이라도 입어야 할까 봐, 세상에! 어쩜! 어떻게 그런 사람이랑 살아요! 맞춰줄수록 증발되는 영혼, 머릿속에 시뮬레이션을 돌렸어……몽골 대초원……가도 가도 끝없는 벌판……오직 홀로인 나여…… 나까지 이계로 넘어가려니까 아저씨는 갑자기 바지를 벗기 시작했지

악!!!

쇼크 받아서, 펄쩍 뛰어서, 곧 떠날 알바 애한테 달라붙었어 매니저 아저씨는 길게 한숨을 쉬었지 앉으라고 우리들한테 손짓을 하더니 이번에는 자기 바짓단을 걷기 시작했어 저게 뭐야, 종아리에, 털 난 회충 같은 것들이 뒤엉켜서는!

내가 말야, 응, 이렇게 열심히 살았어

양쪽 바짓단을 다 걷어 올리고, 고개를 파묻고 울다가, 아저씨는 벌떡 일어나서 원샷했지 먹는 거보다 흘리는 게 더 많아, 여기가 무슨 동물농장도 아니고…… 저게 대체 뭔데? 이제 떠날 여자애가 검색한 걸 보여줬지 종일 서 있는 사람이 걸리는 병…… 우리가 무슨 죄가 있다고 이러는 걸까, 그냥 우린 이 가게에서 일하는 것뿐인데

열심히 살아라, 이것들아! 응? 열심히 살라고!!

아저씨 눈에 빨간불이 들어왔지 저러다가 거품 물고 승천할 것
같아, 열심히 살라는 사람이 제일 무서워…… 세컨드 쇼크를 먹기
전에 우리는 도망쳐 나왔지 버스 정류장까지 숨도 안 쉬고 달렸어

달리다가 털썩, 바닥에 제대로 주저앉아버렸지 곧 떠날 여자
애가 되돌아와서는 내 어깨에 손을 얹었어 숨을 몰아쉬면서 나
를 내려다봤지 빨리 가자, 너 잡히고 싶어? 묻는 그 애를 노려봤
어 일어서서 그 애를 밀어버렸다 그리고는 걷기 시작했지 그 애
랑 완전 반대쪽으로

나만
내일 여기를 또 와야 한다니
견딜 수가 없었어.

(『현대문학』 2014년 9월호)

여성 화자는 아마도 호프집 같은 곳에서 다른 알바 여성과 친구가 되어 간신히 버티고 있다. 하지만 이제 일을 그만두고 나가겠다고 말했을 때 상실감이 컸을 것이다. 매니저는 송별회를 해주겠다고 하지만 하필이면 일하는 가게 셔터 문을 내리고 같이 술을 먹는 게 송별회라니…… 사회적 약자일 수밖에 없는 젊은 알바 여성에게는 이것조차 부담스럽기 짝이 없는 일이다. 그러나 곧 떠날 알바생의 설득에 넘어가 자리에 함께 남게 되고, 정작 매니저는 알바생들을 위로하기보다 오히려 자신이 위로받기 위해 웃기면서도 슬픈 행위를 연속적으로 보여준다. 떠날 알바생은 신경조차 쓰지 않지만 남아야 할 알바생은 이 상황조차 견뎌야 한다. 부자가 되기 위해서가 아니라 '살아남기 위해서' 인간성을 버리고 '괴물'이 되거나 혹은 인간이기를 포기하고 '최저의 인간'으로 버텨야 하는 시대이다. 미래에 대한 소망을 가질 수 없을 뿐만 아니라 현실조차 받아들이기 어려운 어두운 현실의 풍경을 전형적으로 보여주고 있다. (c)

거리유세

박설희

담장 울타리에 장미가 피어 있다
완고한 세상을 향해
피가 몰려 있다
잔뜩 상기된 표정이다

사월엔 날마다 울어 부은 눈이었다
시시각각 뒤집히는 배를 바라보고만 있던 가슴이었다
오월 장미,
살아 있어 장미를 본다, 향기를 맡는다
얼굴로 몰렸던 피가 다시 전신으로 퍼진다

개화라 이르기엔 아직 겹겹의 꽃잎이 무겁다
꽃들의 충혈
누구도 책임질 수 없는 자리에 꽃은 피었다 지고

지지를 호소하는 소리들 무성한 거리에
열없는 박수와 환호
마지못해 내미는 손길, 슬며시 피해가는 발걸음, 희번득이는 눈
동자

살아내는 일, 눈알이 뜨겁다

어둠 속에서 꽃잎에 이슬이 몰리는 이유를 알 것 같다
한 발만 더 딛고 올라서면 울타리 밖
장미의 목구멍이 길어진다

붉은 신호등이 깜박인다
흑점처럼 박힌 사람의 그림자가 나타났다 사라진다
더욱 태양도, 충혈이다

(『실천문학』 2014년 겨울호)

융통성이 없고 고집이 센 "완고한 세상"을 향한 사람의 얼굴이나 "장미"의 얼굴은 상기되어 있다. "시시각각 뒤집히는 배를 바라보고만 있던" "사월엔 날마다 울어" 눈이 부었고 "피가 몰"리었다. "살아 있"기에 "오월"에는 "장미를" 보고 "향기를 맡"을 수 있지만 상기된 표정은 여전히 지워지지 않는다. "얼굴로 몰렸던 피가 다시 전신으로 퍼"지는 것이다. "사월"이든 "오월"이든 완고한 세상이 변하지 않기 때문에 "충혈"을 막을 수는 없다.

시인이 생각하는 "완고한 세상"은 도덕 규범이나 법이 융통성이 없는 상황이 아니다. "지지를 호소하는 소리들 무성한 거리에/열없는 박수와 환호/ 마지못해 내미는 손길, 슬며시 피해가는 발걸음"이 변화하지 않는 세상이다. 자신의 이익을 추구하는 자본주의 사회에 적응해서 살아가려면 철저히 경쟁해야 한다. 자신에만 관심을 가질 뿐 다른 사람에 대해서는 무관심하고 전략적으로 거리를 두어야 하는데 정치에 대해서도 마찬가지이다.

그렇다고 "거리유세"를 그만둘 수는 없다. "살아내는 일, 눈알이 뜨"거운 것이기에 "울타리 밖"으로 "장미"가 고개를 내밀듯 목을 길게 내고 세상을 살펴야 한다. 세상 속으로 들어가야 하는 것이다. (b)

가죽

박순원

이번에는 사람의 가죽이었다 태어나보니 사람의 가죽을 쓰고 있었다 나는 한참을 울었다 더 낡은 가죽을 보면 인사를 하고 두 발로 서서 걷고 가끔 뛰기도 하였다 땅에 금을 그어놓고 누가 빨리 뛰나 시합을 하기도 했다 누가 옷감을 짜서 옷을 지으면 그 옷을 입고 누가 닭을 길러 잡으면 그 닭을 먹고 누가 농사를 지으면 그 쌀과 배추를 먹었다 누가 담았는지도 모르는 술을 마시고 누가 집을 다 지어놓으면 그제서야 들어가 살았다 단추를 누르면 낮처럼 환해졌고 봄처럼 따뜻해졌다 새로 태어난 가죽들에게 사람의 가죽을 쓰고 태어났으면 가죽 값을 해야 한다고 거듭거듭 이야기 했다 고개를 갸우뚱하고 건들거리고 삐딱하게 앉아 있는 가죽들에게 입에 침이 마르도록 고달프게 이야기를 해주고 돈을 받았다 그러는 동안 내 가죽은 늘어났고 늘어졌다 꺼끌꺼끌 잡티도 많고 군데군데 쭈그러들었다 아무래도 상관없다 다 쓰고 반납할 때 개수만 맞으면 된다니까

『21세기문학』 2014년 여름호)

인두겁이라는 말이 있다. 사람의 탈이나 겉모양을 이르는 말이다. 시인은 우선 "태어나보니 사람의 가죽을 쓰고 있었다"라고 말한다. 인두겁을 쓰고 태어났다는 뜻이다. "나는 한참을 울었다"라는 말로 미루어보면 시인은 "사람의 가죽을 쓰고" 태어난 것이 마땅치 않은 모양이다. 그래도 그는 더 늙은, 아니 "더 낡은 가죽을 보면 인사를 하고 두 발로 서서 걷고 가끔 뛰기도" 한다. 그 밖에도 여러 가지 사람의 노릇을 하는데, "누가 담았는지도 모르는 술을 마시고 누가 집을 다 지어놓으면" "들어가" 사는 것 등이 그 예이다. 급기야 그는 "새로 태어난 가죽들에게 사람의 가죽을 쓰고 태어났으면 가죽 값을 해야 한다고 거듭거듭 이야기"를 한다. 학교 선생인 그는 "고개를 갸우뚱하고 건들거리고 삐딱하게 앉아 있는 가죽들에게 입에 침이 마르도록 고달프게 이야기를 해주고 돈을 받"기도 한다. 이렇게 살아온 인두겁이니 그동안 가죽이 늘어나고 늘어지고 잡티도 많아지고 "군데군데 쭈그러"드는 것은 당연하다. 하지만 그는 "아무래도 상관없다"고, "다 쓰고 반납할 때 개수만 맞으면 된다"고 낙관적으로 생각한다. 충청도 시인 특유의 '냅둬유', '괜찮아유' 하는 긍정의 정신을 보여주는 것이다. (d)

슬픔을 말리다

박승민

이 체제하에서는 모두가 난민이다. 진도 수심에 거꾸로 박힌 무덤들을 보면 영해(領海)조차 거대한 장지(葬地) 같다. 숲 속에다가 슬픔을 말릴 1인용 건초 창고라도 지어야 한다. 갈참나무나 노간주 사이에 통성기도라도 할 나무 예배당을 찾아봐야겠다. 신(神)마저도 무한 기도는 허락하지만 인간에게 두 발만을 주셨다. 한 발씩만 걸어오라고, 그렇게 천천히 걸어오는 동안 싸움을 말리듯 자신을 말리라고 눈물을 말리라고 두 걸음 이상은 허락하지 않으셨다. "말린다"와 "말리다" 사이에서 "혼자 울어도 외롭지 않을 방"을 한 평쯤 넓혀야 한다. 신은 질문만 허락하시고 끝내 답은 주지 않으신다. 대신에 풍경 하나만을 길 위에 펼쳐놓을 뿐이다.

마을 영감님이 한 짐 가득 생을 지고 팔에서 막 빠져나온 뼈 같은 지팡이를 짚고 비탈을 내려가신다. 지팡이가 배의 이물처럼 하늘 위로 솟았다가 다시 땅으로 꺼지기를 반복하는 저 단선의 돛. 짐만 몇 번씩 길 밖으로 사라졌다가 다시 길 안으로 돌아와서는 간신히 몸이 된다. 짐이 몸으로 발효하는 사이가 칠순이다. "말린다"에서 "말리다" 역(驛)까지 가는 데 수없이 내다버린 필생의 결말이 있었던 것이다.

(『자유의 나무 한 그루』, 2014년 김남주 20주기 추모 시집)

2014년 4월 16일 세월호가 침몰한 이후 실제로 "이 체제하에서는 모두가 난민"인 상황이다. 대통령과 정부와 여당은 과연 국민의 생명과 안전에 대하여 제대로 책임지고 있는지 묻지 않을 수 없다. 유족들을 우롱하고 협박하고 진상 규명을 방해하는 모습을 보면서 과연 국민의 인권이 존재하는지 묻고 싶다. 국가 정보기관이 선거에 개입해서 탄생한 정권이 반성을 하기는커녕 종북몰이에 몰두하고 그에 따라 극우단체가 등장해 기막힌 행태를 벌이고…… 비선 실세들이 국정에 개입하고, 간첩 조작 사건이 일어나고…… 가계 부채가 1천조에 이르고, 실업과 비정규직과 저임금으로 노동자들이 신음하고, 자살이 늘고 …… "이 체제"는 한마디로 총체적인 난국이다. 세월호의 참사가 일어난 "진도 수심에 거꾸로 박힌 무덤들을 보면 영해(領海)조차 거대한 장지(葬地)"처럼 여겨지는 것이다.

"숲 속에다가 슬픔을 말릴 1인용 건초 창고라도 지어야 한다"는 생각이 든다. 또한 ""말린다"와 "말리다" 사이에서 "혼자 울어도 외롭지 않을 방"을 한 평쯤 넓혀야 한다"는 생각도 든다. "신은 질문만 허락하시고 끝내 답은 주지 않으"시므로 이 지상에서 슬픔을 말려야 하는 것이다. (b)

삼십 센티 여행

박이화

머리와 가슴이 만들어낸 거리가 한 우주다

나는 이따금 깊푸른 밤의 긴 팔로
저 소용돌이치는 머리와
가슴까지 거리를 재어보려 하지만 그러나
한번 뻗은 팔은 어디론가 꼬리 긴 유성처럼 사라질 뿐
다시 돌아오지 않았다

그때마다
누군가 내 가슴에 손을 넣어 더듬듯
별들만 아프게 탱탱해졌다 그리움도
만질수록 팽팽해지는지

그 터질 듯한

머리에서 가슴까지
삼십 센티 여행에
내 한생이 빛처럼 빠르게 저물었다

(『현대시학』 2014년 3월호)

뇌과학적으로 보면 이성과 감성이라는 두 정신 작용이 모두 두 뇌에서 비롯되지만 흔히들 이성은 머리 그리고 감성은 가슴에서 작동한다고 여긴다. 그런데 불과 삼십 센티밖에 되지 않는 "머리와 가슴이 만들어낸 거리가 우주의 거리"라는 역설은 무엇을 암시할까. 아마도 인간이 아는 지식을 사랑의 감정과 융합하여 행위로 실천하기가 매우 어렵다는 뜻 같다. 그래서 화자는 머리와 가슴까지 거리를 재어보기 위해 두 부위 사이에 "깊푸른 밤의 팔"을 뻗어보지만 헛수고였다. 그곳이 너무 깊고 멀어 팔은 "유성처럼 사라질 뿐" 머리로부터 가슴에 이르지 못한 채 돌아오지도 않았다. 그것은 먼 하늘에 있을 미지의 별에 이르기만큼 어려운 일일까. 그런데 탐색 여행에 실패한 화자는 누군가 가슴에 손을 넣어 빈 가슴을 더듬는 것을 느낀다. 그 순간 그 별에 대한 그리움은 더욱 "팽팽해지는지" 가슴이 아프도록 부풀어 오르기만 했다. 그런 화자는 길고도 짧은 "삼십 센티 여행"을 하느라 "한생이 빛처럼 빠르게 저물었다"며 치열했던 여정을 되돌아본다. (c)

빈 둥지

박정원

여린 나뭇가지 사이에
빈 둥지 하나 걸쳐져 있다

나뭇가지에서 나뭇가지로 날아갔을 뿐인데
새들이 울어 쌓는다
이 산에서 저 산으로 넘어갔을 뿐인데
나뭇가지와 나뭇가지들이 부딪치며
어깨를 들먹거린다

이쪽에서 저쪽이 얼마나 먼 거리인가
멀거니
산과 산들이 내려다본다

언젠가 돌아온다 했지만 돌아오지 못하는
빈집
적요만이 그득한 집

나는 빈 둥지에 새처럼 앉아 기다려보았으나
더 이상 새들은 돌아오지 않는다

(『시문학』 2014년 4월호)

"여린 나뭇가지 사이에/빈 둥지"가 자리를 지키고 있으나 그곳을 비우고 떠나 다른 나뭇가지로 날아간 새들이 새로운 세상을 만난 듯 "울어 쌓는다". 그리고 그 새들이 잠시 머물다 산을 넘어 가자 나뭇가지들이 서로 "부딪치며 어깨를 들먹거"리는 상황은 무엇을 암시하는가. 서로 편을 갈라 갈등하며 사소한 공과를 드러내고 으스대기 좋아하는 인간 세상의 풍경인지도 모른다. 연속적인 자연을 "이쪽에서 저쪽"으로 나누고 거리를 재는 나뭇가지들을 산들이 "멀거니" 굽어보며 무한한 우주적 공간의 길이에 비해 그곳이 "얼마나 먼 거리인가"를 묻고 있다. 그러나 화자는 새들이 언젠가 돌아온다며 떠난 새들을 기다리다 차라리 새가 되어 "적요만이 그득한 집"을 지키고 있다. 떠난 새들이 다시 돌아올 리 없다는 것을 알면서도 자신이 태어나고 자란 둥지를 지키는 게 자연의 순리임을 알기 때문일 것이다. 기다림이란 무상한 일이란 걸 알고 또 알을 낳고 품어 기를지도 모른다. (c)

뿌리

뿌리가 힘없이 뽑힌다
한때는 뽑으려 해도 뽑히지 않더니
잎이 떨어지고 가지와 줄기까지 메마르자
힘 한 번 못 쓰고 뽑히고 만다
뿌리는 줄기와 가지
잎이 무성할 때 힘을 쓴다
수확을 끝낸 밭에선
아침저녁으로 첫추위가 비치기 시작하고
가을이 감빛으로 여물고 있다
가슴으로 이어진 감빛 깊은 골짜기
밭고랑에 소용돌이치는 수많은 생각들……
우리 이전의 우리는 무엇이었을까
또 지금은 무엇일까
무엇을 바라야 하고 무엇을 해야 될까
선두에 선 사람은 후미에 있는 사람을 모르는
앞도 뒤도 보지 않는,
현재가 보물이라고 생각하는
이곳에 살며 나는 농사를 짓는다
좋다 나쁘다를 가리지는 않지만
진가는 제대로 알고 있어

흙과 싸우며 농사를 짓는다
일용할 양식을 위해
아버지의 명예를 위해

(『시작』 2014년 겨울호)

시인은 지금 밭에 나와 있다. "밭에선/아침저녁으로 첫추위
가 비치기 시작하고/가을이 감빛으로 여물고 있다". 그런 밭에서 그는 식물
들의 생태와 인간의 생태를 함께 생각한다. 식물의 뿌리는 봄과 여름에 땅에
착근한다. "줄기와 가지/잎이 무성할 때 힘을" 쓰는 것이 그것이다. 가을이
오면 그것은 "힘없이 뽑"힌다. 여름에는 "뽑으려 해도 뽑히지 않더니/잎이
떨어지고 가지와 줄기까지 메마르자/힘 한 번 못 쓰고 뽑히고 만다". 사람도
마찬가지이다. 늙어 병들면 쉽게 뽑혀지는 것이 사람이다. 밭에서의 생각은
이에서 그치지 않는다. "밭고랑에 소용돌이치는 수많은 생각들" 중에는 "우
리 이전의 우리는 무엇이었을까/또 지금은 무엇일까/무엇을 바라야 하고 무
엇을 해야 될까" 등도 있다. "선두에 선 사람은 후미에 있는 사람을 모르는/
앞도 뒤도 보지 않는,/현재가 보물이라고 생각하는/이곳에 살며" 그는 "농사
를 짓는" 것이다. 더러는 "좋다 나쁘다를 가리지는 않지만/진가는 제대로 알
고 있어/흙과 싸우며 농사를 짓는다"고 생각하기도 한다. "일용할 양식을 위
해", "아버지의 명예를 위해" 말이다. (d)

조심(操心)

박진규

가까이 가서 보니 탱자나무 울타리 속
작은 새들이 오글오글하였습니다.
무슨 일을 하는지 다 바빴습니다.
저 많은 가시 요리조리 피해가며
탱자나무 울타리 속 커다란 미로를 조각하는 중입니다.
내 안에도 저 새처럼 많은 것들이 있어
이토록 시끄럽게 지저귀며 복작대는 중입니다.
그러다 불현듯 새 떼가 몽땅 날아가버렸습니다.
나는 탱자나무가 새들에게 한 말이 있을 것만 같아서
조용해진 미궁 속을 들여다보았습니다.
탱자나무는 그저 자신의 내부를 응시하고 있을 뿐이었습니다.

(『푸른사상』 2014년 가을호)

탱자나무 울타리 속에 들어간 작은 새들의 움직임과 그것들
이 떠난 후의 탱자나무의 모습을 섬세히 묘사하여 보여준다. 그곳에서 "오글
오글" 바쁘게 무슨 일인지 하던 새들이 "미로를 조각하는 중"이란 걸 안다.
그러자 자신의 내면으로 시선을 돌려 "새처럼 많은 것들"이 "시끄럽게 지저
귀며 복작대는 중"이란 것을 감지한다. 그렇게 자아를 성찰하는 것은 곧 자
신의 내면에 들어와 주인 노릇을 하는, '새들'이 상징하는 타자의 욕망으로
부터 벗어나기 위한 심적 과정일 것이다. 드디어 "몽땅 날아가버"린 새들에
게 할 말이 없는 탱자나무의 "조용해진 미궁 속"은 비로소 자유로워진 화자
의 무의식적 공간을 암시한다. 자신의 내부를 응시하는 탱자나무는 '새들',
즉 타자의 욕망이 자리 잡고 있는 동안 소외되어 있던 자기 고유의 욕망을
회복하기 위한 화자의 심리적 노력을 암시한다. (c)

깨달음에 대하여

박현수

누군가의 말에 저도 모르게 박수를 치며 웃음을 터트릴 때 깨달음 거기에 있다 버스를 타고 가다 아, 그랬었구나 하는 생각이 문득 들 때 깨달음은 거기에 있다 티브이를 보다가 맞아! 하는 말이 절로 터져 나올 때 깨달음은 거기에 있다 어느 한 구절을 읽다가 마음 깊은 곳에서 밑줄을 그을 때 깨달음은 거기에 있다

깨달음은 이처럼 사소하고도 수다한 것이다 이처럼 비루하고도 천박한 것이며 이처럼 낮으면서도 비근한 것이다 깨달음은 이처럼 적막할 까닭도 이처럼 충만할 이유도 없다 깨달음은 이처럼 신비롭지도 않으며 신비로움이 다함도 없는 것이다 깨달음은 이처럼 시시각각으로 이루는 것이며 깨달음은 이처럼 시시각각으로 잊히는 것이다

(『시산맥』 2014년 겨울호)

살아서 도를 깨닫는 것이 얼마나 힘이 들까. 성인 공자도 '아침에 도(道)를 깨닫는다면 저녁에 죽어도 좋다'는 말을 남긴 것을 보면…….
그러니 평범한 사람들은 죽어서나 '도' 또는 존재의 '실재'에 한 발이라도 들여놓을 수 있을 것이다. 그러나 '도' 또는 '실재'는 늘 형이상학적 경지에 있지 않고 일상 중에 땅에서도 그 희미한 빛이나 얼룩을 보여주나 보다. 화자는 누군가의 말을 듣다가 혹은 티브이를 보다가 박수를 치며 즐거워하거나 책 한 구절을 보다가 "밑줄을 그을 때 깨달음은 거기 있다"고 한다. 그렇게 대소와 귀천, 고저와 원근에 관계없이 시시각각 나타났다 사라지는, 있으면서도 없는 도의 실체는 "신비롭지도 않으며 신비로움이 다함도 없는 것"이다. 그래서 깨닫는 순간에 사라지고 마는 '도'의 실상을 찾기 위해 시시각각깨어서 살피고 살펴야 한다. (c)

아스팔트에서 강물 소리가 나는 새벽

박형준

도로에 넘친 물속을 손으로 더듬으며
나는 새벽에 아스팔트에서 붕어를 잡는다
붕어에게서는 이제 강물이 아니라
대지를 몰아가는 힘이 빛난다
두 손으로 움켜쥐면
손아귀를 벗어나는 비늘의 푸른 힘
폭풍우에 강물에서 한꺼번에
아스팔트로 뇌우처럼 내리꽂힌 붕어 떼들
비늘은 농부의 근육 같다
꿈틀거리는 종아리 같다
폭풍우 지난 새벽 산책길에서
내 손은 이제 아스팔트 밑에서 불어오는
젖은 피리 소리 찾아 어린 시절처럼 더듬어간다
아스팔트에 넘친 물속에서 나는
초록이 대지를 들어 올리는 생땅 냄새를 맡으며
끝까지 고삐를 움켜쥐려다 놓치고 만
보리밭 속으로 사라진 옛날의 황소를 생각한다
이제 아스팔트에 넘친 강물 속에서
끝까지 버팅기는 붕어가 손아귀에서 반짝인다
보리밭 속으로 들어가던
부은 황소의 발목 같은 아침 해가 그렇게 뜬다

(『포지션』 2014년 겨울호)

폭풍우가 몰아친 후 강물이 넘쳐 아스팔트 도로까지 흘러든 물속에서 화자는 "붕어를 잡는다". 그 붕어에서 "대지를 몰아가는 힘"과 "비늘의 푸른 힘"을 느끼며 어린 시절의 기억을 되살려본다. 고향 들녘에서 풀피리를 불며 소를 뜯기던 화자가 고삐를 놓치자 "보리밭 속으로 사라진 옛날의 황소"가 눈앞에 어른거리는 까닭이 무엇일까. "생땅"을 아스팔트로 덮어버린 채 삭막한 생활을 해야 하는 도시에서 황소가 찾던 초록빛 생명의 냄새가 그리웠기 때문일 것이다. 화자는 잡히지 않으려는 듯 "끝까지 버팅기는 붕어"를 움켜쥐고 반짝이는 빛을 보며 "보리밭 속으로 들어가던/부은 황소의 발목"을 다시 그려본다. '붕어'와 '황소'는 물과 대지가 대신하는 자연에 기대어 그 생명력을 호흡하며 살다가 도시로 떠나와 살고 있는 현대인들의 옛 모습인지도 모른다. 향수에 젖은 화자의 머리 위에서 우주적 생명력의 근원인 해가 새로운 아침을 열며 떠오르고 있다. (c)

지렁이 시어미전(傳)

반칠환

'며늘아, 눈을 가리니 부러운 것 없고, 귀를 막으니 두려움이 없고, 코를 낮추니 욕심이 없더라. 손을 버리니 사치가 없고, 발을 버리니 조급함이 없고, 뼈를 버리니 골다공이 없더라. 삐뚤긴 해도 일구월심 한일자로 살아왔다. 바닥을 하늘로 섬기고, 어둠을 꽃으로 삼고, 흙을 떡으로 여기거라. 승천에 눈먼 용은 멸종되었으나 우리는 지구라는 흙 공을 물어 푸른 여의주로 만들었다'고 말하는 순간 두엄을 뒷발로 헤친 암탉이 부리로 탁 찍어 올리니 올봄 한배 내린 노랑 병아리 떼가 쫑쫑쫑~

(『문학나무』 2014년 가을호)

시어머니 지렁이가 "며늘"에게 살면서 터득한 삶의 교훈을 일러주고 있다. 이목구비를 다 마비시키고, 손발과 뼈를 버리고, "일구월심 한 일자로 살아왔다"고 고백한다. 그리고 주어진 지상적 삶의 한계를 운명으로 받아들이며 "어둠을 꽃으로 삼고, 흙을 떡으로 여기거라"고 당부한다. 그리하여 비굴할 만큼 자신을 낮추고 버리며 일관성 있게 안분지족을 실천하며 살아온 어느 이의 삶을 연상케 한다. 그리고 "흙 공을 물어 푸른 여의주로 만"든 지렁이가 "승천에 눈먼 용"과 대립되면서 진정한 삶의 자세가 무엇인지를 반어적으로 보여준다. 그런데 암탉이 지렁이를 찍어 올리는 순간 "노오란 병아리가 쫑쫑쫑~" 먹이를 찾아 모이는 장면은 무거운 삶의 이야기를 희화하면서 지렁이의 최후를 더욱 비극적으로 느끼게 한다. 그리고 그런 한계에도 불구하고 유유자적하며 이타적으로 살아온 지렁이의 숭고한 삶을 다시 돌아보게 한다. (c)

철물점에 가서

백무산

영혼이 바싹바싹 타들어갈 때
감자칩처럼 조각조각 바스라질 때
참다못해 나는 철물점에 간다네, 커다란 철물점에는
세상을 수리하는 물건들 대충 다 있지
고장 난 것이면 뭐든 고치는 연장들 대충 다 있지
망가진 현장에 출동을 기다리는 물건들 가득한 곳

알고 보면 이음새 한 곳이 헐거워졌거나
축 하나가 녹이 슬어 잘 돌지 않거나
전체가 먹통이지만 실은 영 점 육 미리 전선 하나 빠졌거나
물에도 때가 있어 출구를 막았거나
찌든 먼지 낀 조명을 너무 오래 놔둬서
침침한 것에 익숙해졌거나
삐걱대고 뻑뻑한 것들에 너무 무심해졌거나
들락거리는 쥐새끼들과 너무 친숙해졌거나

진리는 언제나 먼 곳에 있지, 발전소처럼 먼 곳에
가까운 곳에 있다고들 우기지만
지렛대처럼 반대편에 있지
높은 곳에 문제가 생긴 건 똥구멍이 헐어서야

혼자서는 아무것도 아닌 철편들
저 기호 하나 잘못 놓여
세상을 암흑으로 만들고 냉동고를 불가마로 만들고
강물을 역류하게 하고 치매를 불러오기도 하지

일상에 낀 녹과 헐거워짐과 침침함과 뻑뻑해진 곳에
다시 생기를 부여하는 작은 기호들
영혼은 활주로를 떠나 있으나 그 부품들은 철물처럼
지극히 물질적인 것

(『포지션』 2014년 가을호)

"영혼이 바싹바싹 타들어갈 때" "참다못해 나는 철물점에"
가는 행동은 유물론을 실천하는 모습이다. "영혼"이란 결국 "철물점"에 영향
받는 것이다. 인간 세계에서 흔히 말하는 "진리는 언제나 먼 곳에 있"다. 더
러는 "가까운 곳에 있다고들 우기지만/지렛대처럼 반대편에 있"는 것이다.
우리가 "진리"라고 생각하는 자유나 평등의 개념도 추상적이고 관념적이어
서 멀기만 하다. 그렇다고 해서 그것의 가치를 포기할 수는 없다. 따라서 "철
물점"을 찾아가는 행동이 필요한 것이다.

"철물점에는/세상을 수리하는 물건들 대충 다 있"다. "고장 난 것이면 뭐
든 고치는 연장들 대충 다 있"는 것이다. "진리"가 멀다는 것도 "알고 보면
이음새 한 곳이 헐거워졌거나/축 하나가 녹이 슬어 잘 돌지 않거나/전체가
먹통이지만 실은 영 점 육 미리 전선 하나 빠"진 것에 불과하다. 또한 "물에
도 때가 있어 출구를 막았거나/찌든 먼지 낀 조명을 너무 오래 놔둬서/침침
한 것에 익숙해"진 것에 불과하다. 따라서 그것들을 "연장들"로 고치면 이
세계의 "진리"에 다다를 수 있는 것이다.

한국의 정치 상황도 마찬가지이다. 기존의 정치인들은 입만 열면 "진리"
로 자유와 평화와 평등을 외친다. 국민을 섬긴다고도 말한다. 그렇지만 그들
이 외치는 구호는 "물질적인 것"에 토대를 두지 않았기 때문에 실체가 없고
허위이다. "연장들"로 고쳐야 하는 것이다. (b)

우울한 해도(海圖)

변종태

무표정한 얼굴로 설익은 밥알을 씹는다.
보배섬을 옆구리에 끼고 제주를 향하던 아이들의
재잘거림을 이명처럼 들으며
우린 어떤 언어로 노래해야 하는 걸까. 어떤
표정으로 바다를 바라다보아야만 할까.
초속 2미터의 물살이 법전(法典)의 책장은 뜯어가지 못하고
안타까운 사연들만 쓸어가던 그해 사월
우울한 해도를 펼치면 삼삼오오
가방을 지고 교문을 나서는 아이들의 모습,
아이들의 가방에서 우우우 쏟아지는 바다,
흐린 바닷물에 희망이라고 썼다가 지우고
가망이라고 썼다가 지우고
기다림이라 썼다가 지우고
절망이라는 글자를 마무리할 때쯤 눈앞이 캄캄
야간자율학습 마치고 가로등 꺼진 골목을 들어서던 느낌
무너지는 꿈과 희망이 우리 앞에 널브러질 때,
입안에서 울려오는 해조음(海潮音)을 들으며
서걱거리는 모래 알갱이를 씹는다.
입안에서 툭툭 튀어나오는
섬,
섬,
섬

(『리토피아』 2014년 여름호)

2014년의 대한민국 상황을 나타내는 키워드를 찾는다면 '세월호'가 아닐까? 그 충격은 이루 말할 수 없이 커 대한민국 국민이라면 "설익은 밥알을 씹"을 수밖에 없다. "보배섬을 옆구리에 끼고 제주를 향하던 아이들의/재잘거림"이 "이명처럼" 계속 들려오기에 정상적인 생활을 할 수 없는 것이다.

　　세월호의 참사를 제재로 한 작품들이 계속 창작되고 단식 투쟁 등 국민들의 행동이 지속되고 있지만, 아픔은 치유될 수 없다. 국가가 문제를 해결하고 재발 방지를 위한 정책을 구체적으로 마련할 필요가 있는데, 오히려 문제를 은폐하고 왜곡시키고 책임을 전가하고 있기에 실망을 넘어 절망하게 된다. "가망이라고 썼다가 지우고/기다림이라 썼다가 지우"기를 여러 차례. 이제는 "절망"을 넘어 포기 아니면 분노를 선택할 단계에 와 있다. 우리 앞에는 "우울한 해도"가 펼쳐져 있지만 주권을 잃지 않고 헤쳐가야 하는 것이다. (b)

애월

서안나

흙에 물을 개면 불타는 진흙 얼굴이 떠올랐다 얼굴은 여러 번 읽어도 낡지 않는다 황금빛 밤의 끝에서 멈춘다 뒤돌아보면 나를 따라온 병든 사내가 이끼처럼 물가에 앉아 있다

모래를 파면 누군가 버리고 간 녹슨 얼굴
모래 눈동자와 심장들
당신이 가짜라면 당신을 베어버리겠다

애월을 떠도는 얼굴 흰 관음의 꿈을 꾸었다 관음은 먼 길을 다친 개처럼 걸었을 것이다 얼굴을 만나면 얼굴을 지웠다 얼굴에 새겨진 흙의 슬픔을 지웠다 이번 생은 쓸모없어 아름답고 현묘하다

애월 하고 부르면 칼날 같은 짐승 몇 마리 걸어 나온다 너무 아픈 것은 기도가 되지 못한다 피는 틀린 적이 없다

새와 첫눈으로 부딪치는 애월 일기는 늘 수치심으로 가득하다 혼자 여도 좋다 나는

(『현대문학』 2014년 8월호)

"여러 번 읽어도 낡지 않는" 사랑하는 사람의 "얼굴"은 "애월"을 닮았다. 그는 "병든 사내"로서 "이끼처럼 물가에 앉아 있다". 그는 "녹슨 얼굴"이지만 "먼 길을 다친 개처럼 걸었"다. 마치 자비의 마음으로 중생을 구제하는 관음보살처럼 "나를 따라"왔는데 그 길은 진실한 것이었다. 그리하여 "당신이 가짜라면 당신을 베어버리겠다"고 "나"는 자신한다.

"모래를 파"고 "누군가 버리고 간 녹슨 얼굴"을 찾는 "나" 역시 "애월"을 닮았다. "나"는 "너무 아픈 것은 기도가 되지 못한다"는 것을 그를 통해 알고 있다. "피는 틀린 적이 없다"는 진리도 마찬가지이다. 그리하여 "나"는 그를 위해 "얼굴을 만나면 얼굴을 지"우고 "얼굴에 새겨진 흙의 슬픔을 지"운다. 그와의 인연이 있기에 "이번 생은 쓸모없"다고 할지라도 "아름답고 현묘하다"고 생각한다. 그리하여 그와 함께 쓴 "애월 일기"가 "수치심으로 가득하"지만 가슴속에 남아 있는 것이다.

"나"를 따라온 그가 곧 "애월"의 운명이고 그를 찾아낸 "나" 역시 "애월"의 운명이다. 애월(涯月)의 이름은 해안가의 달이란 의미를, 그중에서도 초승달을 의미한다. 달은 초승달, 상현달, 보름달, 하현달, 그믐달 등으로 운명을 겪지만 모두 서쪽으로 기운다. 초저녁에 보이다가 지고 마는 달의 행로와 같은 것이 그와 "나"의 운명이다. 유한한 존재이기에 서로의 사랑은 한계를 가질 수밖에 없다. 그러므로 영원한 것이다. (b)

사라 127세, 나는 500세

성향숙

그늘 밑 여자들과
깃발 흔드는 오래된 성벽의 바람,
구름의 느린 풍경이
병원 앞 벤치에 앉은 나를 무심히 스쳐간다
의사는 내 신체나이가 100세가 넘는다고 말하는데
가보지 않는 세월들이
언제 나를 다녀갔단 말인가?

빠르게 돋아났다 사라진 열꽃과
한껏 휘몰아치다 잦아든 사랑의 배경이
먼 그림자로 스민다

엄마 젖꼭지를 동생에게 빼앗기고 옹알이를 할 땐
이미 의젓한 누나였고
자궁에서 꺼낸 죽은 아기를 붙잡고
쏟아낸 눈물이 가슴에 고였다
달빛 밀밭에서 고흐를 꿈꾸던 사무침은
뜨거운 밥을 입에 물고서야 웅크린다

하루 두세 번 솟아오른 해의 시린 눈과
시큰거리는 발목은

십 리 길 위의 아이와 자주 마주치고
신음 흘리는 꿈의 이불에 세계지도를 그릴 땐
내 그림자가 나보다 길게 늘어진다
주구장창 몸을 뒤지던 손은
머리칼을 잡아당겨 발밑에 구겨 넣는다
백 년 후의 눅진한 풍경으로 사라진다

어제가 있었던 내일의 반복과
혼절할 만큼 까마득한 세월 단추 채우듯
나날이 커지는 나이를 내 유전자 페이지에 쓴다

(『시와문화』 2014년 여름호)

창세기 23장 1절에는 "사라"가 "127세"에 생을 마감했다고 기록하고 있다. 남편 아브라함을 따라 먼 유랑의 길을 떠다니다가 가나안 땅에 묻힌 것이다. 성서는 이스라엘의 선조들이 죽은 나이를 기록해왔지만 여성의 경우는 그렇게 하지 않았다. 따라서 "사라"는 예외적인 경우라고 볼 수 있는데, 그만큼 민족의 어머니라는 상징성을 갖는다.

작품의 화자는 "신체나이가 100세가 넘는다"고 한 "의사"의 진단에 충격을 받는다. 그리하여 "가보지 않는 세월들이/언제 나를 다녀갔단 말인가?"라고 항변하며, 지나온 시간들을 되돌아보고 있다. "빠르게 돋아났다 사라진 열꽃과/한껏 휘몰아치다 잦아든 사랑의 배경이/먼 그림자로 스"미는 것을 느낀다. 그것으로 사라지는 "그림자"가 아니라 존재하는 "그림자"를 꿈꾼다. 마치 "사라"가 아들 이삭을 낳았듯이 "500세"까지의 그림자가 되고 싶어 하는 것이다. "나날이 커지는 나이를" "유전자 페이지"에 쓰기에 인간은 위대하다. (b)

몰입

손종호

초침은 즐겁다. 무엇이든 제 식솔처럼 끌고 다닌다.
풀잎의 외로움, 사자의 금빛 갈기, 목백일홍의 슬픈 그늘……
그리고 나의 스케줄과 그리움까지도
하나로 묶어 흔든다.
쉽게 느낄 수 없어 더욱 두려운
결박의 고통을 잊는 방법은 오직 하나
목표를 더욱 명확한 목표이게 하고
사랑을 더욱 간절한 사랑이게 하고
강물을 더욱 깊어가는 강물이게 하는 길.
그래서 초침은 즐겁다. 혼자 낄낄대다가
짐짓 엄숙한 걸음새로 함께 걸으며
—존재에 취해 사는 세상은 아름답다, 아름다워,
무시로 귓전에 속삭인다.

그런데 무슨 일일까.
나의 내면의 층계를 천천히 밟고 내려가 만나는
바다에는 초침이 보이지 않는다.
하늘만 내려와 아이처럼 놀고 있다.

(『시와정신』 2014년 가을호)

실존주의 철학의 비조인 하이데거의 말을 빌리자면 인간은 자신의 의지와 관계없이 세계 내에 던져진 '세계 내의 존재'요 의식이 있는 '현존재'이다. 그런데 세계는 시간과 공간의 좌표에 의해 의미가 결정되며 '현존재'인 인간이 시간을 의식한다는 것은 곧 자신의 존재를 의식한다는 것과 다름이 없다. 시에서 관념적인 시간의 흐름을 보여주는 '초침'은 "무엇이든 제 식솔처럼 끌고 다"니는 권력이 있다. 그것은 풀잎, 사자, 목백일홍 등이 암시하는 인간의 감정과 의지를 비롯한 화자의 "스케줄과 그리움까지도/ 하나로 묶어 흔든다". 그러한 '초침'은 곧 화자가 자신의 욕망을 억압 또는 포기하고 따라야 하는 사회적 질서 또는 규칙의 상징으로서 "두려운/결박의 고통"을 준다. 그리고 명령하는 대로 따르는 화자의 "걸음새로 함께 걸으며/ ─존재에 취해 사는 세상은 아름다워"라고 길들이며 유혹한다. 그러나 화자는 "내면의 층계를 밟고 내려가 만나는/바다" 속에 소외되어 있던 자신의 고유한 욕망의 실체가 "하늘이 내려와 아이처럼 놀고 있"는 것을 발견한다. (c)

얼음과 꽃 사이에서

손택수

영하 삼 도와 영상 삼 도 사이에서 고로쇠 수액을 뽑는다
영하와 영상 사이엔 얼어붙었던 폭포가
바닥을 치는 소리가 있다

고로쇠 시린 수액 맛은
그 낙차를 유지하는 것이다

영하 삼 도와 영상 삼 도 사이에서 조문이 늘어난다
누군가는 신문 부고란이 늘면
봄이 오는 걸 안다고 한다

얼음과 꽃 사이엔 겨울을 견딘 누군가의 관이
바닥을 치는 소리가 있다

아들아, 너는 속이 차니 맥주를 마시지 말거라
해마다 이맘때면 고로쇠 수액을 마시거라

아비의 뼈를 품고 나도 산정에 얼어붙은 적이 있다
유골 단지를 화로처럼 품고
두고 온 어미 생각에 눈물 흩뿌린 적 있다

백운산 끝자락 해발을 몇 미터쯤 더 뽑아 올린 뼈들이
펌프질을 한다
뚝 분지른 가지 끝
상처를 품고 콸콸거리는 수액

(『문학동네』 2014년 여름호)

영하 삼 도와 영상 삼 도 사이는 얼음과 꽃 사이의 온도며, 조문이 늘어나는 온도이다. 이 사이에서 얼어붙었던 폭포가 바닥을 치고, 누군가의 관이 바닥을 친다. 차가움과 따뜻함, 죽음의 기운과 삶의 기운이 만나는 이 온도에서 겨우내 얼었던 폭포의 얼음이 떨어져 내리고, 힘겹게 버티던 숨이 지기도 한다. 폭포와 관이 바닥을 치는 하강 운동을 보여 주는 것에 비해 고로쇠 수액의 상승 운동은 대조적이다. 폭포의 떨어지는 낙차를 거꾸로 유지하며 고로쇠 수액은 솟구쳐 오른다. 시의 말미에서는 겨울을 넘기지 못한 아버지의 유골 단지와 고로쇠나무의 뼈들이 뿜어 올리는 펌프질이 대조를 이룬다. 얼음과 꽃 사이의 온도에서 오르내리는 삶과 죽음의 운동이 인상 깊다. (a)

우리 모두 세월호였다

송경동

돌려 말하지 마라
온 사회가 세월호였다
오늘 우리 모두의 삶이 세월호다
반토막 난 조국의 풍랑 많던 세월
그 세월 내내가 세월호였다
자본과 권력은 이미 우리들의 모든 삶에서
평형수를 덜어냈다
사회 전체적으로 정규직 일자리를 덜어내고
비정규직이라는 불안정성을 주입했다
그렇게 언제 침몰할지 모르는
노동자 세월호에 태워진 이들이 900만 명이다
사회의 모든 곳에서
'안전'이라는 이름이 박혀 있어야 할 곳들을 덜어내고
그곳에 '무한 이윤'이라는 탐욕을 채워 넣었다
이런 자본의 재해 속에서
오늘도 하루 일곱 명씩 산재라는 이름으로
착실히 침몰하고 있다
생계 비관이라는 이름으로
그간 수많은 노동자 민중들이 알아서 좌초해가야 했다
그렇게 수없이 많은 이들이 지하 선실에 가두어진
이 참혹한 세월의 너른 갑판 위에서

자본만이 무한히 안전하고 배부른 세상이었다

그들의 안전만을 위한 구조 변경은

언제나 법으로 보장되었다

무한한 자본의 안전을 위해

정리해고 비정규직화가 법제화되었다

돈이 되지 않는 모든 안전의 업무가

평화의 업무가 평등의 업무가 외주화되었다

경영상의 위기 시 선장인 자본가들의 탈출은 언제나 합법적이었고

함께 살자는 모든 노동자들의 구조 신호는 외면당했고

불법으로 매도되고 탄압당했다

더 많은 이윤을 위한 자본의 이동은 언제나 자유로운 합법이었고

위험은 아래로 아래로만 전가되었다

그런 자본의 무한한 축적을 위해

세상 전체가 기울고 있고 침몰해가고 있다

그 잔혹한 생존의 난바다 속에서

사람들의 생목숨이 수장당했다

그런데도 가만히 있으라고 한다

돌려 말하지 마라

이 구조 전체가 단죄받아야 한다

사회 전체의 구조가 바뀌어야 한다

이 처참한 세월호에서 다시 그들만 탈출하려는

이 세월호의 선장과 선원들을 바꾸어야 한다
우리 모두가 이 위험한 세월호의
선장으로 기관장으로 갑판원으로 조타수로 나서야 한다
이 시대의 마지막 남은 평형수로 에어포켓으로
다이빙벨로 긴급히 나서야 한다
이 세월호의 항로를 바꾸어야 한다
이 자본의 항로를 바꾸어야 한다

(『신생』 2014년 가을호)

2014년 4월 16일에 발생한 "세월호" 참상은 노동자의 관점에서 바라보아도 큰 충격이다. "자본과 권력은 이미" 노동자의 "모든 삶에서/평형수를 덜어냈"기 때문이다. "사회 전체적으로 정규직 일자리를 덜어내고/비정규직이라는 불안정성을 주입"해 "언제 침몰할지 모르는/노동자 세월호에 태워진 이들이 900만 명이"나 되는 것이다. "평형수"에 "'안전'이라는 이름이 박혀 있어야 할 곳들을 덜어내고/그곳에 '무한 이윤'이라는 탐욕을 채워 넣"고 있는 "이런 자본의 재해 속에서/오늘도 하루 일곱 명씩 산재라는 이름으로" 침몰하고 있다. 심지어 "생계 비관"으로 스스로 목숨을 끊고도 있다.

"평형수"는 선박의 균형을 유지하기 위해 선박의 내부에 저장하는 물이다. 그 선박 평형수(ballast water)는 선박 화물의 양에 따라 조절된다. 그리고 선박 평형수를 임의로 배출할 경우 해양 생태계를 교란시킬 수 있고 해양을 오염시킬 수 있기에 국제해사기구(IMO)에서는 처리 장치의 설치를 의무화하고 있다. 그렇지만 "자본만이 무한히 안전하고 배부른" 이 참혹한 세상에서 살아가야 하는 노동자들에게 "평형수"는 마련되어 있지 않다. 그런데도 자본가들은 노동자들에게 "가만히 있으라고 한다". "그들만 탈출하려는" "선장과 선원들을 바꾸어야" 하는 것이다. (b)

폭설

폭설이 외딴 그 집에 들이닥쳤다
집 안에 들어선 폭설은
잠시 실내를 둘러보다가
거울 앞에 서서 양의 탈을 벗고
집주인 사내가 건네주는
뜨거운 화강암 돌 한 잔을 마셨다

집주인 사내는 원체 말이 없는 자였다
그에게 젊은 날 책은 죽었고
피 묻은 칼은 연못에 던져져 흙으로 메워지고
지독한 사랑도 오래전 버즘나무를 따라 떠나갔다

폭설도 꼭 무언가를 다그치기 위해 찾아온 건 아니었다
지나가는 말로 사소한 질문 몇 개 던졌을 뿐이었다
예전에 이곳에 금광이 있지 않았소?
초록낙타 시장이 서지 않았소?
여기에 시간의 폐허와 적막이 있지 않았소?

밖에 잠시 눈이 그쳤다
눈 속에 파묻힌 자동차를 찾으러 간다며
폭설은 다시 거울 앞에서 그 흰 양의 탈을 쓰고 떠났다
그뿐이었다 세찬 바람에 현관문이 꽝, 하고 열렸다 닫혔다

(『문학청춘』 2014년 겨울호)

145

이 시는 소설의 액자 구조와 같은 형식을 보인다. 폭설이 외딴집에 들이닥쳤다 떠나기까지의 과정이 액자에 해당하고 집주인 사내의 사연이 내부 이야기를 이룬다. 내부 이야기는 서사적인 진술이 아닌 몇 마디 암시적인 진술로 그려져 상상력을 자극한다. 폭설을 외딴집에서 맞닥뜨린 집주인 사내는 아마도 지독한 사랑의 아픔을 품고 은거하던 사람이었을 것이다. 폭설은 사내의 개인적인 사연 따위에는 별로 관심이 없다. 폭설은 사내보다 훨씬 전에 그곳에 있었을 "금광"이나 "초록낙타 시장", "시간의 폐허와 적막"에 대해 묻고 있다. 태초의 시간으로부터 신화적인 시간과 역사적인 시간의 두터운 지층과 대비되어 사내의 비극적 개인사는 가볍게 넘어갈 만한 일이 되어 버린다. 폭설에 뒤덮이는 세상처럼 시간의 폭주 앞에 폐허와 적막으로 남지 않는 그 무엇이 있을까. 사내의 집에 잠시 머물던 폭설이 다시 길을 떠난다. 사내의 쓰라린 삶은 머잖아 흔적도 없이 사라질 것이다. (a)

저녁

신미균

뱃가죽 홀쭉한
개 한 마리
빈 깡통
뚜껑을 핥다가

조금씩 조금씩
깡통 속으로 고개를 들이민다.

무슨 찌꺼기라도 붙었는지
바닥까지 주둥이를 넣어
정신없이 핥더니

이번에는
머리에 낀 깡통을
이리저리 흔들며
겅중겅중 뛰다가
슬금슬금 뒷걸음질 치다가
벽에 부딪히자
천지분간을 못 하고
제자리에서 뱅뱅 돈다.

벗어버릴 수 없는
깡통 뒤집어쓴
개 한 마리 저물어간다.

(『유심』 2014년 10월호)

"뱃가죽 홀쭉한/개 한 마리/빈 깡통/뚜껑을 핥다가//조금씩 조금씩/깡통 속으로 고개를 들이"밀어 결국 그 "깡통을 뒤집어"쓰고 만다. 자신이 추구하는 욕망의 덫에 걸려 벗어날 수 없는 처지가 된 것이다. 물론 "개"가 "깡통을 핥"는 것은 생존 욕구의 차원이기에 비난할 수 없다. 경험하지 못했던 상황이기에 또한 그러하다. 따라서 "개"에 대한 비판보다는 인간의 자화상으로 바라볼 필요가 있다.

인간은 깡통 속으로 계속 고개를 들이밀면 끝내 뒤집어쓸 수밖에 없고 또 벗어날 수 없다는 것을 경험으로도 지식으로도 알고 있다. 그런데도 자신의 욕망을 조절하지 못하고 끝내 함몰하고 만다. 무엇을 바라는 마음이 동기를 자극해 발전을 이룰 수 있지만 지나친 것이다.

"개"의 행동이 인간의 행동으로 비춰지는 것은 자본주의의 그림자가 매우 크고 짙기 때문이다. 자본주의에 함몰된 인간들의 모습이 곧 "개"의 행동인 것이다. (b)

트럭, 꿈

신원철

어릴 적 대구 신천의 백사장은
무한 상상의 벌판
거기서 쉭쉭 숨을 내쉬며 굵은 바퀴를 굴리던 트럭과
힘센 검은 운전사!
어른이 되어 트럭을 몰고 싶었다
노새처럼 헐떡이던 내 십대는
달을 향해 울음을 뽑아 올리는 늑대,
대구역 밤기차의 환한 창을 멀리서 들여다보며
마음만
캄캄한 하늘을 끝없이 날아올랐다

나이 들면서 점점 트럭을 닮아갔다
헤드라이트를 번쩍이며 이리저리 치받기만 하다가
힘은 참 좋다는 말만 듣다가
짐칸에 분기를 가득 싣고
내려온 동해 바닷가,
시멘트 트럭들이 반갑다고 씽씽 인사를 했다
    내친김에 삼척 해변에서 미루나무 아득한 울진 국도, 정선 아우라지, 백복령, 속사 운두령,
    로키를 넘어 대평원을 가로지르고 미시시피를 건너 캐나다까지 내달렸다

아지랑이 피어오르는 들길을 한없이 달리고 싶던
유년의 트럭,
요즘 조금씩 파이프가 새고 털털대긴 하지만
아직도
아라비아의 초승달과 사막이 눈앞에 아른거리고
하이에나 떼랑 아프리카 사바나를 달리고 싶은 것이다

(『유심』 2014년 4월호)

"트럭"의 "꿈"이 여전히 진행되고 있는 것은 뿌리가 깊기 때문이다. "어릴 적 대구 신천의 백사장은/무한 상상의 벌판"이었는데 "거기서 쉭쉭 숨을 내쉬며 굵은 바퀴를 굴리던 트럭과/힘센 검은 운전사!"를 바라보면서 "트럭을 몰고 싶"어 했던 "꿈"! 그리하여 안간힘을 쓰면서 사방으로 뻗어나가 "삼척 해변에서 미루나무 아득한 울진 국도, 정선 아우라지, 백복령, 속사 운두령,/로키를 넘어 대평원을 가로지르고 미시시피를 건너 캐나다까지 내달렸다". 뿐만 아니라 "아직도/아라비아의 초승달과 사막이 눈앞에 아른거리고/하이에나 떼랑 아프리카 사바나를 달리고 싶"어 한다.

"트럭"의 "꿈"을 이루는 데는 용기가 필요하다. "꿈"을 가로막는 장애물이 많아 때로는 "마음만/캄캄한 하늘을 끝없이 날아"오를 수 있다. 또한 "헤드라이트를 번쩍이며 이리저리 치받기만 하다가/힘은 참 좋다는 말만 듣"게 될 수도 있다. 특히 "나이 들면서" "용기"를 상실할 수 있다. 그러므로 외부적 환경뿐만 아니라 내부적 조건을 극복해야 한다. "꿈"을 싣고 달려가는 "트럭"이여, 주춤거리는 우리들도 태우고 달려라. (b)

고향

양문규

비둘기가 온새미로 우는 숲의 아침 안개와

꾀꼬리가 예그리나 날개 치는 한낮 햇살과

사슴벌레가 그린나래 펴는 초저녁 개똥벌레와

또랑 건너 늘솔길 도란도란 걷는다

꿈속의 고향은 다 이러한가

소리개가 늙으면 가파른 바위산에 둥지를 튼다고 하는데

젊은 중한테 쫓겨나는 나는 어디로 가야 하나

여여산방(如如山房) 드는 길 무참하다, 그지없다

(『현대시학』 2014년 3월호)

화자가 그리는 "꿈속의 고향"은 늘 밝은 빛이 있고 자연과 함께 살 수 있는 평화로운 숲이다. 그곳은 "비둘기가 온새미로", '언제나 변함없이' 울고 자욱하게 깔린 "아침 안개"가 신비감을 더해준다. 한낮엔 꾀꼬리가 "예그리나", '우리는 모두는 사랑하는 사이'라는 듯 햇살을 흩으며 날아다닌다. 사슴벌레가 "그린나래", '그린 듯이 아름다운 날개'를 펴는 초저녁이면 개똥벌레도 시샘하듯 파란 불을 켜고 날아다닌다. 늘 솔향기를 실어오는 바람이 부는 "늘솔길"을 걷노라면 별천지에 든 듯 발걸음이 가벼워진다. 특히 시행마다 등장하는 아름다운 고유어들은 시적 공간에 더욱 신비로운 분위기를 더해준다. 그런데 "가파른 바위산에 둥지"를 트는 늙은 소리개가 되어 숲에 머물러 살고 싶으나 "젊은 중한테 쫓겨나"야 하는 까닭은 무엇일까. 화자는 언제나 그 자리에서 자신을 기다려주는 어머니 품 같은 "여여산방"으로 들어가다 어쩔 수 없는 현실을 생각하니 무참하기 그지없어 발길을 멈춘다. 서로 교감하며 더불어 사는 자연과 그 속에서도 서로 쫓고 쫓기며 사는 인간들이 대조적이다. (c)

균열

위선환

　서쪽 바다에 뜬 섬의 서쪽 해벽에 갈라진 틈새가 생겼다 섬에
금이 갔다

　해안을 밟으며 걸어가는 어부의 목덜미에서 등덜미로 가는 금
이 자란다

　가까운 바다와 먼 바다의 사이가 벌어졌다 물수리 한 마리 빨려
들어갔고

　지금은 어디나 금 벌어지지 않은 곳이 없다 나는 전신에서 바람
이 샌다

　긴 목은 가늘고 허리는 부러진 영혼이 쭈크리고 무릎 사이에 고
개를 묻고

　여러 해 전부터 금이 가며 조금씩 부서지는 제 발등을 내려다보
고 있다

(『시와 사람』 2014년 여름호)

"**균열**"은 갈라진 부분이며 두 전체의 경계이자 채워야 할 '빈자리'로 서 욕망이 발동하는 곳이다. 1행에 "해벽에 갈라진 틈새", 즉 섬에 간 "금"은 "해안을 밟으며 걸어가는" 어부의 바다에 대한 욕망을 불러일으킨다. 그 "어 부의 목덜미에서 등덜미로 가는 금"이 자란 것은 곧 어부의 욕망이 커짐을 암시한다. 그리고 "가까운 바다와 먼 바다의 사이가 벌어졌다"는 것 역시 그 곳을 삶의 터전이요 대상으로 삼는 어부의 욕망과 관계가 있다. 그곳으로 빨 려들어간 "물수리"는 어부의 다른 모습일 것이다. 어부인 '나'의 전신 어디나 금이 벌어지고 "바람이 샌다"는 것은 욕망을 실현하기 위한 삶의 고통과 육 신의 노쇠를 암시한다. 그러나 어부는 "무릎 사이에 고개를 묻고" 금이 가고 부서지는 발등을 보며 자족감을 갖는다. 이처럼 '균열'은 여러 가지 이음동 의어로 변주되면서 시행마다 등장하여 바다를 대상으로 욕망을 불태우며 살 아온 어부의 끈질기고 고통스런 삶을 보여준다. (c)

하루의 일을 끝내고

유승도

　도랑물에 손과 얼굴을 씻고 일어나 어둠이 내리는 마을과 숲을
바라본다
　끄억끄억 새소리가 어슴푸레한 기운과 함께 산촌을 덮는다
　하늘의 하루가 내게 주어졌던 하루와 함께 저문다
　내가 가야 할 숲도 저물고 있다 사람의 마을을 품은 숲은 어제
처럼 고요하다
　풍요롭지도 외롭지도 않은 무심한 생이 흐르건만, 저무는 것이
나만이 아님이 문득 고맙다

(『유심』 2014년 6월호)

하루의 일을 마치고 "도랑물에 손과 얼굴을 씻고 일어"서서 "어둠이 내리는 마을과 숲을 바라"보는 한 농부의 모습이 선하다. 그는 자신이 집으로 돌아가야 할 저녁에 이르러 산과 숲과 나무와 새들과 짐승들과 그리고 하늘 역시 저무는 모습을 바라보고 있다. 그제도 바라보았고 어제도 바라보았고 내일도 바라볼 것이다.

농부는 "하늘의 하루가 내게 주어졌던 하루와 함께 저"무는 모습을 바라보면서 우주의 운명을 깨닫고 있다. 사람의 생명도 그 우주의 기운에 따라갈 수밖에 없다. 생은 "풍요롭지도 외롭지도 않"고 풍요롭기도 하고 외롭기도 하다. 풍요로움은 모르지만 외로움을 아는 사람들이 많은 세상은 고요하다. (b)

고통의 신비

유안진

아프리카에는 다이아몬드가 돌멩이처럼 굴러다닌다는 소문에 유럽 사람들은 떼 지어 아프리카로 갔다. 거부가 되어 미인과 행복하게 살려는 꿈에 부풀어

대부분의 사람들은 풍토병으로 죽었지만, 더러는 천신만고 끝에 다이아몬드를 구해서 돌아올 수도 있었다

그러나 평생을 바쳐 얻은 주먹만 한 다이아몬드를 국가에 기증하고는, 가난하고 노쇠한 늙은이로 누구보다도 행복하게 살다가 죽었다고 한다

지금 그이들 나라의 박물관에 전시된 다이아몬드가 그이들의 모습이라고 한다.

(『시에티카』 2014년 하반기호)

주장이나 의도가 겉으로 잘 드러나 있지 않은 일종의 이야기시이다. 옛날이야기처럼 이 시에서의 이야기도 주인공이 "가난하고 노쇠한 늙은 이로 누구보다 행복하게 살다가 죽었다고" 하더라는 식으로 끝난다. 이 이야기의 정점에는 '다이아몬드'가 있다. 여기서의 '다이아몬드'는 물론 인간의 욕망을 상징한다. 시인은 이 욕망에 대해 긍정적이지도 부정적이지도 않다. 여생의 날이 많이 남아 있지 않은 입장으로 보면 이 욕망이라는 것이 크게 탓할 것도 아니다. "거부가 되어 미인과 행복하게 살려는 꿈에 부풀어" 있지 않은 삶에 무슨 재미가 있으랴. 다이아몬드를 구하러 떼 지어 아프리카로 간 사람들 중에 대부분은 "풍토병으로 죽었"지만 "더러는 천신만고 끝에 다이아몬드를 구해서 돌아"오기도 했으리라. 그러나 그들은 "평생을 바쳐 얻은 주먹만 한 다이아몬드를 국가에 기증하고" 만다. "그이들 나라의 박물관에 전시된 다이아몬드가 그이들의 모습이라고 한다." 그렇게 박물관에 전시된 다이아몬드가 그들 자신에게 무슨 의미가 있으랴. (d)

나의 사랑 단종

유현서

눈물로 맑힌 당신의 청령포에 와 있습니다
한걸음 한걸음이 천 리 길이지요 마음의 곤룡포는 백마를 타고
태백산으로 오르셨나요

용안을 적시던 눈물은 강물 높이를 한층 더 부추기고요 흐르는
물길은 수천수만의 낭떠러지를 폭포수로 내칩니다

그때 물수제비를 뜨던 조약돌도 여전히 붉은 피를 흘리나요
발을 뗄 때마다 돌덩이들이 일어나 내 가슴을 때립니다 쇠지팡
이를 의지한 노송 한 그루가 당신을 따라 점점 이울어집니다

노산대에서만이 한양 하늘이 그리웠겠습니까
어린 소나무들만이 당신의 백성이었겠습니까

관음송 발치에서 당신처럼 앉아 옷고름을 풀어헤칩니다 당신의
눈물을 고요히 받아 적어보나 아린 문장만이 내 빈 젖을 빨 뿐

나는 당신의 아내 당신의 어머니 당신의 애인
수천수만의 사람들이 당신을 싣고 서울로 향합니다

(웹진 『시인광장』 2014년 3월호)

"청령포"는 12세에 왕위에 올랐으나 17세에 숙부 수양대군에게 왕
권을 빼앗기고 유배되었다가 끝내 사약을 받고 죽은 비운의 왕 단종의 애사
가 서린 곳이다. 그 역사적 사건을 원텍스트로 삼아 패러디한 이 시는 청령
포의 풍경을 비유적으로 묘사하며 단종에 대한 추모의 정을 보여 주고 있다.
화자는 몸은 비록 천 리 길을 왔으나 마음은 아직 곤룡포를 입은 채 "백마를
타고 태백산"을 올라 한양의 궁궐로 되돌아갔을 그 옛날의 단종을 상상해본
다. 그리고 물수제비를 뜨며 아픔을 달래던 단종을 그리다가 가슴 깊이에서
분노와 슬픔의 "돌덩이들이 일어나"는 것을 느낀다. 불의한 권력에 폐위되
다 못해 외진 곳에 유폐되었다가 끝내 죽음을 앞에 두고 "관음송 발치"에 앉
아 눈물을 흘렸을 단종을 생각한다. 그리고 빈 젖이라도 물려주고 싶은 안
타까움에 옷고름을 푼다. 세월은 흘렀으나 "수천수만의 사람들"이 시신마저
버려져 되돌아가지 못한 단종의 비극을 새기며 서울로 발길을 옮긴다. (c)

아지랑이 소야곡

유형진

어렸을 적에 엄마가 그러셨지
땀 안 흘리고 멍한 표정으로 앉아서 시간 죽이는 것들
전부 다 날라리 한량이라고

나는 커서 날라리 한량이 되어
눈 오는 남쪽 창밖을 바라보며
제비꽃을 기다리고 있네
제비도 아닌 제비꽃을
제비꽃은 무덤가에 잘 피어 있지

가만 보면 어리고, 여리고, 아무것도 모르는
작고 순정한 것들은 전부 다 그래
무덤 옆에서만 핀다
꼭 죽음을 먹고 자라는 것처럼

나는 어릴 때부터 엄마 말 안 듣기로 소문난 아이였지만
혼자 멍하니 들에서 피는 아지랑이를 보고 있으면 눈물이 났어
미래의 내 모습이 보여서
땀 흘리지 못하고 고통스럽기만 한, 어떤 날라리 한량이
제비꽃을 들여다보며 울고 있어서

(『포지션』 2014년 봄호)

163

얼마 전 서울광장에서 '멍 때리기 대회'라는 기상천외한 대회가 열린 적이 있다. 이 대회에서는 정해진 시간 동안 가장 멍하니 있는 사람에게 상을 주었다. 멍하니 있는 것이 어려워서 그 능력을 겨뤄볼 정도로 우리 사회는 바삐 달려왔다. 멍하니 시간을 보내면 당연히 "날라리 한량"이라는 핀잔을 받는다. 그런데 시인이란 커서도 혼자 멍하니 있는 날라리 한량이 아닐까. 잘 보이지도 않는 제비꽃을 들여다보며 눈물짓는 별난 사람이 아닐까. 땀 흘려 일하지는 못하지만 작고 순정한 것들의 존재에 한없이 연민을 느끼고 고통을 함께하는 사람이 아닐. 멍하니 혼자 있는 시간이 없다면 삶의 그늘진 구석에 놓인 작고 여린 존재들을 섬세하게 돌아보기는 어려울 것이다. 제목처럼 여리고, 느리고, 슬프면서도 따뜻한 노래이다. (a)

창틀 밑 하얀 운동화

유홍준

생각이 많을 때마다 나는
운동화를 빠네

낙엽을 밟고 오물을 밟고 바닥 밑의 바닥을 밟고 다닌 기억이여

깨끗이 빨아놓은 운동화 뒤꿈치에는 물이 고이네
생각의 뒤꿈치에는 늘 물이 고이네

나는 지금 맨발, 슬리퍼를 걸치고 마당가에 앉아
창틀 밑 하얀 운동화나 바라보네

운동화는 고요하고 단정하고
많은 말들을 감추고 있네

신발을 씻었는데 손이 왜
깨끗해졌는지,

할 말이 없는데
할 말이 무엇인지 다 잃어버렸는데
내 생각의 뒤꿈치에는 자꾸만 물이 고이네

내 하얀 운동화는 생각을 버리고 다시 또 길을 나서야 하네

(『시인수첩』 2014년 가을호)

이 시는 누구나 겪었을 법한 체험을 바탕으로 하고 있다. 이때의 체험은 "운동화를" 빨아 널었던 일을 가리킨다. 그렇다. 시인은 "생각이 많을 때마다" "운동화를 빠"는 버릇을 갖고 있다. 그의 생각에는 "낙엽을 밟고 오물을 밟고 바닥 밑의 바닥을 밟고 다닌" 것이 운동화이다. 운동화를 빨아 널면 "운동화 뒤꿈치에" "물이 고이"기 마련이다. 하여, 운동화를 빨아 넌 시인은 지금 "슬리퍼를 걸치고 마당가에 앉아/창틀 밑 하얀 운동화나 바라보"고 있다. 그가 생각하기에는 "많은 말들을 감추고 있"는 것이 운동화이다. 잠시 멍해진 시인은 갑자기 "신발을 씻었는데 손이" "깨끗해"진 것을 깨닫는다. 다시 멍해진 그는 끝내 "할 말이 무엇인지 다 잃어버"리고 만다. 하지만 "생각의 뒤꿈치에는 자꾸만 물이 고이"는 것을 느낀다. 그리하여 그는 또다시 생각한다. "생각을 버리고" "하얀 운동화"를 신고 "길을 나서야" 하는 일에 대해서! (d)

엄마의 연애

유희주

사십에 과부 된 엄마는
정말 단 한 번도 바람을 피우지 않았을까
아버지 이후로 한 번도 남자에게 마음을 내어주지 않았을까
엄마에게는 애인이 없어야 당연한 것
그런 잔인한 도덕 누가 만들어냈을까

슬픈 멜로드라마를 보다
눈물을 흘리던 엄마의 늦은 겨울 밤
코 골며 자던 고단한 엄마의 젊은 몸
엄마의 캄캄한 몸짓을 사춘기의 나는 불안하게 바라봤다
항아리 속의 고인 물도 문 여는 기척에 출렁이는데
엄마는 내일 아침 나가야 할 행상에
모르는 척 뒤척이고
종일 차가운 바람 몸 안에 가득 채우며
모르는 척 뒤척이고

밤새 눈이 온 날
구멍 난 털신을 신고 방학동으로 화장품 행상 나가시던 엄마
여섯 자식 다 키우시며 삼양동에 집까지 장만하셨다
엄마 몫까지 연애질만 해대는 딸년들을 향해
엄마의 모든 것, 생활력 하나만은

똑 부러지게 가르치셨다

—살아 있어야 연애도 하지—

(『푸른사상』 2014년 가을호)

"엄마"는 "살아"가는 일이 "연애"하는 일보다 소중하다고 여긴다. 그것은 사회가 만들어낸 "잔인한 도덕"의 산물이라기보다는 "엄마" 스스로 수행해낸 것이다. "슬픈 멜로드라마를 보다/눈물을 흘리던 엄마의 늦은 겨울 밤/코 골며 자던 고단한 엄마의 젊은 몸"이 그 여실한 모습이다. 그렇기 때문에 "엄마"는 "밤새 눈이 온 날/구멍 난 털신을 신고 방학동으로 화장품 행상 나가시"어 "여섯 자식 다 키우시며 삼양동에 집까지 장만하셨다".

　"엄마"는 자식을 희망으로 삼고 있다. "엄마"에게 "여섯 자식"은 짐이기보다는 이 세상을 살아가게 하는 힘이다. 그리하여 "종일 차가운 바람 몸 안에 가득 채우"면서도 의연하게 살아간다. 이 세상에 "엄마"가 존재하는 한 자식들의 "연애"는 안전하다. (b)

공 혹은 운

이가림

공 즉 운
운 즉 공이로다

그렇지 않은가
공을 뒤집어보면
운이 되고
운을 뒤집어보면
공이 되니

이걸
재밌는 말의 기계체조라고
우습게 여기지 말게

오늘
파란 하늘 끝 어딘가로
하얀 공이 사라지듯
지상의 운석 하나가 스러져
벽공무한(碧空無限)이 되는 걸 보았으니
이 어찌
운 좋은 날이 아니리

(『작가들』 2014년 봄호)

말에 대한, 말의 모양에 대한 깨달음으로부터 비롯된 시이다. "공즉 운/운 즉 공"이 다름 아닌 그것이다. "공을 뒤집어보면/운이 되고/운을 뒤집어보면/공이 되"기 때문이다. 물론 이때의 말은 한글의 글말이다. 하지만 "공 즉 운/운 즉 공"의 말들이 생성시키는 의미는 한자의 글말을 연상시킨다. 이와 관련해 일단 떠오르는 한자말은 '功卽運 運卽功'이다. 성공은 운명이고, 운명은 성공이라는 뜻 말이다. 한편으로는 '功卽雲 雲卽功'이라는 말이 떠오르기도 한다. 성공은 뜬구름이고, 뜬구름은 성공이라는 뜻 말이다. 어쨌거나 시인은 이어지는 시에서 "이걸/재밌는 말의 기계체조라고/우습게 여기지 말"라고 당부한다. 더불어 그는 "파란 하늘 끝 어딘가로/하얀 공이 사라지듯/지상의 운석 하나가 스러져/벽공무한(碧空無限)이 되는 걸 보았으니/이 어찌/운 좋은 날이 아니리"라고 공과 운의 관계를 노래한다. 空, 球, 隕, 運 등 한자의 글말이 떠오르는 구절이다. (d)

툰드라

이건청

먼저 죽어 떠난 것들,
잃어버린 것들 모두 여기 와 있네,
냇물 따라간 고무신 한 짝,
갈래머리 남빛 댕기, 혹은
닿을 듯 스쳐간 여자애들이랑,
90일쯤의 여름 가면
다시 어둔 겨울로 접어든다는
노르웨이 북쪽 툰드라까지 와서
연둣빛 이끼로, 씀바귀꽃으로
알은체를 하고 있네,

영상 10도쯤의 여름,
툰드라는 혼자 누워 있고,
빙하 녹아 고인 호수가
그림자 일렁여 알은체를 해보이고 있네.
연둣빛 이끼로,
키 작은 풀꽃들로, 돌멩이로,
살아서 되고 싶었던 것이 되어
툰드라를 덮고 있네,
버스는, 툰드라 휴게소에 잠시 섰다가,
카메라 렌즈를 닮은 사람들을

신고 떠나고
그리움은 그리움끼리 남아,
거기 그렇게 있네,
재가 되어 떠난 성찬경 선생, 권명옥 시인이랑,
연둣빛 이끼로, 씀바귀꽃으로
툰드라를 덮은 채 기다리고 있었네
아직 이승에 발 딛고 있는 나를……

(『본질과 형상』 2014년 겨울호)

"노르웨이 북쪽 툰드라"는 북극 지방에 가까워서 여름이라야 겨우 영상 10도쯤 되는 날이 90일쯤 이어지고 이내 "어둔 겨울로 접어든다"는 곳이다. 자연환경이 열악한 그곳은 인간들이 흔히 살고 있는 일상적 현장을 떠나 "먼저 죽은 것들"이 사는 사후의 세계 또는 이상적인 세계를 상징한다. 화자는 그곳에 가서 "잃어버린 것들 모두"가 "연둣빛 이끼로,/키 작은 풀꽃들로, 돌멩이로" 되어 자신을 반기는 것을 본다. 그리고 그 사소한 자연물에서 이미 이승을 떠난 "성찬경 선생, 권명옥 시인"의 순결한 영혼을 감지한다. 그렇게 시인은 인간을 비롯한 생명들이 살기에 불편한 '툰드라'의 풍경을 거울처럼 제시하며 참되고 아름다운 삶의 길이 어디에 있는가를 넌지시 일러준다. '툰드라'는 곧 풍요로운 환경 속에서 화려한 것을 추구하느라 인간애와 정신적 가치를 상실하고 외면해버린 인간들이 되찾아야 할 낙원과 다름없다. (c)

그 외 아무 생각도 없을 것이다

이규리

어미 새가 먹이를 물어 새끼들 부리에 넣어줄 때
한 번에 한 마리씩 차례대로,

새끼는 새끼대로
노란 주둥이를 찢어질 듯 벌리고 기다릴 때

그 외 아무 생각도 없을 것이다

절명이 그렇게 온다면
입을 벌리고 한 생각만 집중한 채

그렇다면 한생을
정확하게 전달했는가 나는,

(『시와반시』 2014년 봄호)

먹이를 주고받는 어미 새와 새끼 새의 모습은 가장 간절한 생명의 몸짓이라 할 만하다. 어미 새는 필사적으로 먹이를 구해올 뿐 아니라, 찢어질 듯 주둥이를 벌리고 서로 먼저 달라고 아우성치는 새끼들에게 빠짐없이 정확하게 먹이를 준다. 그 외에는 아무 생각도 없는 듯 분명하면서도 절실한 몸짓이다. 시의 후반부에서는 새들의 이런 몸짓에 비추어 시인 자신의 삶을 반추해본다. 매 순간이 절명의 순간인 듯 필사적인 새끼 새들처럼 그렇게 간절한 몸짓과 생각을 가질 수 있을까, 한순간도 착오가 없는 어미 새처럼 그렇게 한 생을 명확하게 전달할 수 있을까 자문해본다. 때로는 아무 다른 생각이 없는 듯 삶을 향해 고도로 집중되어 있는 상태가 부러울 때가 있다. 시인 역시 새들을 보며 문득 자신은 과연 얼마나 힘껏 살아왔는지를 돌아보았을 것이다. 쉼표와 함께 미진하게 끝나는 결구에서 한숨과 같은 회한이 드러나는 것은 지극히 인간적인 반응이어서 공감을 일으킨다. (a)

시위하는 경찰

이대흠

시위대 다섯 명 앞에 경찰 오백 명이 줄지어 섰다 완전무장을
한 경찰들은 진시황의 무덤에서 발굴된 군사들 같았다 지나가는
한 외국인이 눈을 동그랗게 뜨고 물었다
시위하나요?
네
내국인이 대답했다
경찰이 엄청 많네요 경찰이 도대체 무슨 시위를 하는 거죠?

(『시인동네』 2014년 가을호)

군인도 많고 경찰도 많은 나라가 대한민국이다. 국민들의 삶이 그만큼 불안정하다는 뜻이다. 게다가 이 시에서는 경찰들까지 시위(?)를 하고 있다. 경찰들까지 시위를 한다는 말은 물론 반어적인 표현이다. "지나가는 한 외국인"의 입을 빌려 시인이 내숭을 떨고 능청을 떠는 것이다. 내숭과 능청은 대상과 지적인 거리를 갖고 있을 때 가능해진다. 이 시의 기본적인 상황은 "시위대 다섯 명 앞에 경찰 오백 명이 줄지어" 서 있는 데서 비롯된다. 한 외국인이 "시위대 다섯 명 앞에 줄지어" 서 있는 오백 명의 "완전무장을 한 경찰들"을 보고 내국인과 주고받는 대화를 통해 이 나라의 현실을 풍자하고 있는 것이다. 여기서의 풍자를 위해 이때의 한 외국인은 좀 어리석은 역할을 하기 마련인데, "경찰이 엄청 많네요 경찰이 도대체 무슨 시위를 하는 거죠?" 등이 그 대표적인 예이다. 한 외국인의 이처럼 어리석은 역할이 이 시에서는 재미를 만든다. (d)

위험하다, 책

이명수

밤마다 나를 덮치는 책으로
뗏목을 엮어 지중해로 떠나는 꿈을 꾼다

읽지 않는 책은 재앙이다
읽지 않고 읽은 척하는 나를 향해 누군가 계란을 던질 것이다

날을 잡아 책을 버리기로 한다
쌓이는 문예지와 시집들을 골라 8할은 버린다
정성껏 서명한 이름도
미안하지만 떼어내 화장을 한다

등 굽은 할머니가 리어카를 끌고 와
대여섯 순번 실어 나른다
오늘은 횡재란다
내가 할머니의 횡재가 된 날

내 시집도 저렇게 실려 나가고 있겠지
언젠간 나도 용도 폐기되어 어디론가 실려 나가
붉은 사막에 모래 물결 하나로 새겨지겠지

(『시인수첩』 2014년 겨울호)

책이 귀하던 시절이 있었다. 읽을거리가 없었던 시절이 있었다. 하지만 지금은 도처에 책이 넘쳐나고 있다. 흔해 빠진 책들이라니! 시인은 제법 나이가 든 듯싶다. 그는 지금 집안 곳곳에 쌓여 있는 "읽지 않"은 책 때문에 스트레스를 받고 있다. 심지어는 "밤마다" 자신을 "덮치는 책으로/뗏목을 엮어 지중해로 떠나는 꿈을" 꾸기까지 한다. 그가 보기에 "읽지 않는 책은 재앙이다". 책을 "읽지 않고 읽은 척하는" 자신을 "향해 누군가 계란을 던질 것이"라고까지 그는 생각한다. 그리하여 그는 "날을 잡아 책을 버리기로 한다". 자꾸만 "쌓이는 문예지와 시집들을 골라 8할은 버린다". "정성껏 서명한 이름도/미안하지만 떼어내 화장을 한다". "등 굽은 할머니가 리어카를 끌고 와/대여섯 순번 실어 나른다". 할머니로서는 횡재를 한 것이다. 급기야 시인은 자신의 "시집도 저렇게 실려 나가"리라고 생각한다. 언젠가는 자신도 "용도 폐기되어 어디론가 실려 나가"리라고 이해하는 것이다. 뒤돌아보면 "붉은 사막에 모래 물결 하나로 새겨지"는 것만도 다행한 일이지만 말이다. (d)

이십팔점박이무당벌레처럼

이민호

시간의 잎맥을 갉아먹으며 여기까지 왔다.
사철나무 잎을 타고 가면 하늘에 닿을 듯 간당간당하다
붉게 멍들어 떨어진 뒷박

다시 노란 수액을 흘리며 집에서 멀리 도망쳐왔다.
불났다고 불이 났다고 외치는 소리에
새끼들은 푸른 그늘 뒤편에서 이리저리 헤매다
방울 소리 툭툭 털어낼 때
무당 옷자락에 떨어져 박힌 붉은 딱지들

너는 지금
스물여덟 개의 별들이 자리를 옮겨가며
반짝이는 북극성 아래에 있다

(『작가들』 2014년 여름호)

시인은 지금 자신을 '이십팔점박이무당벌레'에 비유하고 있다. '이십팔점박이무당벌레'를 그 자신이 투영되어 있는 객관 상관물로 받아들이고 있는 것이다. 시인에 의해 '너'라고 불리고 있는 '이십팔점박이무당벌레'는 한국, 일본, 시베리아 등에 분포되어 있는 작은 곤충이다. 몸길이는 약 6mm 내외이고, 몸빛은 적갈색인데, 딱지날개에는 각각 14개의 작은 흑색 얼룩무늬가 있다. 시인은 이 시의 모두(冒頭)에서 '이십팔점박이무당벌레'의 처지인 자신을 두고 "시간의 잎맥을 갉아먹으며 여기까지 왔다"고 노래한다. "사철나무 잎을 타고 가면 하늘에 닿을 듯 간당간당"한 것이 그이다. "붉게 멍들어 떨어진" 무당벌레, "노란 수액을 흘리며 집에서 멀리 도망쳐" 온 무당벌레가 그인 것이다. 뿐만 아니라 "불났다고 불이 났다고 외치는 소리에/새끼들은 푸른 그늘 뒤편에서 이리저리 헤매다/방울 소리 툭툭 털어낼 때/무당 옷자락에 떨어져 박힌 붉은 딱지"인 무당벌레가 시인이기도 하다. 그는 지금 무당벌레처럼 "스물여덟 개의 별들이" "자리를 옮겨가며/반짝이는 북극성 아래에 있"는 것이다. 무당벌레처럼 숨을 죽인 채 참고 견디며 살아가는 시인의 모습이 안타깝다. (d)

표를 하다

이상국

물을 버린 나무들이 동네 건달 같다

여름내 가죽을 뚫고 나온 햇송아지의 뿔

강가의 왜가리들이 내년에 쓸려고

물속에서 한쪽 다리를 들고

거기다 표를 한다

오래도록

울타리 팥배나무에게 젖을 물리던 해도

붉은 산을 넘어가는 저녁

나에게는 아직 많은 가을이 있지만

이번 가을은 이게 다라고

나도 마음에 표를 한다

(『문학사상』 2014년 11월호)

한적한 가을 풍경을 그린 시인데 재미있는 표현들이 눈에 띈다. "물을 버린 나무들"이란 아마도 가을이 되어 잎과 줄기가 마른 나무들을 뜻하는 것이리라. 말라서 엉성해진 나무들이 건들거리며 서 있는 모양이 동네 건달 같다는 것이다. 햇송아지의 뿔이 여름내 가죽을 뚫고 나와 꽤 자라 있고, 왜가리들이 물속에서 한쪽 다리를 들고 거기다 표를 한다. 왜가리는 왜 "오래도록" 힘들게 한쪽 다리를 들고 거기에 표를 하는 것일까? 왜가리와 소는 공생 관계여서 왜가리가 없으면 쥐가 득실거려 소를 괴롭히고, 소가 걸을 때 일으키는 진동 때문에 나온 벌레들은 왜가리의 좋은 먹잇감이 된다. 내년 쯤이면 햇송아지가 자라 꽤 묵직한 걸음을 걸을 테니 잘 표시를 해두었다 함께하려는 심사일 것이다. "오래도록"은 "울타리 팥배나무에게 젖을 물리던 해"에도 걸린다. 붉은 해의 젖을 먹은 팥배나무의 열매는 붉게 익어갈 것이다. 마음을 가득 채우는 고즈넉한 가을 저녁의 풍경을 보며 화자는 "이번 가을은 이게 다라고" 표를 한다. 기억해두고 싶은 조촐하면서도 아름다운 풍경이었기 때문이리라. (a)

난중일기-2014

이상백

그립습니다, 어머니

흔들리는 배에서 매일 목숨을 붙잡고 싸웁니다
언제까지 계속될지 모르는 이 싸움.
전조가 명확했는데도
몇몇이 이상 없다고 딱 잡아떼어서 일어난 일입니다
그 자리에 있어 주어야 할 사람이 먼저 도망가니
장수들도 제 배를 버리고 달아나는 것은 당연한 일입니다

아수라장 속에서
젖은 목숨 하나 간신히 건져 올려
산천에 빨랫감처럼 누워 버린 피난민들
이 땅은 내가 꿈꾸던 나라가 아닙니다
제일 잘 아는 내가
물목을 막아 내야 하는데
가장 위급한 상황에 가만히 있으라고 눌러 앉혀
백의종군으로
어머니 가시는 마지막 길도 함께하지 못했습니다

배 한 척 새롭게 만들 대책도 세우지 못하여
살려 달라는 손들을

이 바다에서
얼마나 많이 서늘하게 놓쳤는지 모릅니다
정말로 저번에는 천행으로 막아 냈습니다만
이번에는 제 목숨을 내놓아야 할 것 같습니다

두렵지 않지만 두렵습니다, 어머니

(『푸른사상』 2014년 가을호)

화자는 바닷물 속으로 침몰하며 흔들리는 배 안에서 "제 목숨을 내놓아야 할" 비극적 상황에 처해 있다. "매일 목숨을 붙잡고" 언제까지 계속될지도 모르는 싸움을 하고 있는 절명의 순간에 자리를 지키지 않고 먼저 도망간 사람들을 생각한다. 그리고 그들을 향해 차라리 "장수들도 제 배를 버리고 달아나는 것은 당연한 일"이라는 역설을 보낸다.

"전조가 명확했는데도" 화자에게 "가만히 있으라"는 명령의 말을 하고 모두 도망가 버린 위급한 상황을 임진왜란과 세월호 참사로 오버랩 시킨다. 화자는 구조를 기다리다 끝내는 다가올 죽음을 직감한 순간, 어머니를 생각한다.

반드시 했어야 할 일들을 하지 못해 수많은 목숨을 놓쳐 버린 아픔 속에서, 시인은 그들을 잊지 말고, 그들이 꿈꾸던 멋진 나라를 우리가 꼭 만들어 내야만 이 죽음이 헛되지 않다고 말한다. (c)

우리들 이야기
— 2040

이상옥

    솟과에 속한 포유동물 남아프리카 개활한 초원에 살며 지나간 자리가 황폐해질 만큼 거대한 무리 지어 떠돌아다닌 스프링복(springbok)의 황금 시절…… 평소 한두 마리 지내다 동료를 만나면 대여섯 마리 작은 무리를 지어 넓은 초원을 찾아 이동하다 수천 마리의 떼를 이뤄, 처진 무리 풀을 차지하기 위해 앞지르기를 시도하고 기득권을 유지하기 위해 앞선 무리도 질주하는 것. 처음 풀을 확보하기 위한 질주, 그 이유조차 망각한 채 사막을 지나 바닷가 절벽에 다다르게 되어 무리는 멈추어야 한다는 걸 알고 행렬을 정지하려 하나 떠밀려 절벽, 바다로 추락하는 것. 대열에서 낙오한 몇몇만 살아남아……

(『미네르바』 2014년 겨울호)

시인은 남아프리카의 넓은 초원에 살던 "스프링복"이 대부분 멸종되고 일부만 살아남게 된 비극적인 내력을 소개하고 있다. "평소 한두 마리 지내다" 점점 큰 무리를 이루게 되자 생존을 위해 더 "넓은 초원을 찾아 이동"을 하다 보면 "지나간 자리가 황폐"해졌다니 자연의 균형이 깨진 것이다. 그리고 그 개체 수의 증가는 더 많은 먹이를 얻기 위한 경쟁의 원인이 되고 나아가 "기득권을 유지"를 위해 맹목적으로 질주하게 했다. 끝내 "사막을 지나 바닷가 절벽에 다다르게 되어"도 멈추지 않고 질주하다 서로 떠밀고 밀려 바다로 추락하여 최후를 맞고 말았다. 그리하여 물질에 대한 탐욕과 그것이 야기한 무한 경쟁은 서로를 폭력적인 대상으로 만든다는 것을 암시한다. 그러나 그것이 스프링복의 무리들에게만 벌어지는 일이겠는가. 더 많은 물질을 얻기 위해 힘과 속도를 더하며 앞으로 나아가는 인간 세상에도 유사한 징후가 나타나고 있는 게 현실이다. "대열에서 낙오한 몇몇만 살아남아" 있다는 아이러니는 진정한 인간적 문화의 길이 무엇인지를 되돌아보게 한다. (c)

지구의 뚜껑

이선영

내가 이 저녁 아차하며 냄비 뚜껑을 망가뜨렸듯
나의 선조의 선조의 선조의 아득한 선조인 주부들도 대대로
어느 어수선한 저녁을 아차하며 우그러뜨려온 탓에
지구에는 변변한 뚜껑이 없나 뚜껑이 없어
해와 달과 별이 저렇게 훤히 보이나
아니 해와 달과 별이 지구를 번갈아 넘나드는가

사람은 아차하고 뚜껑이 열리면 안 되나
우심실좌심방 혈관관절
위장대장십이지장 머리허리다리
하나가 고장나도, 괜찮아, 또 열릴락 닫히는
많고 많은 뚜껑들

찌개 냄비도 끓어오르면 뚜껑을 열어야 하고
밥솥도 익으면 뚜껑을 열어야 하고
사랑도 익으면 문을 열어야 하고
열어야 넘치거나 썩지 않고 우주로 통하느니

태곳적 누군가의 조바심 많은 손이 일찌감치 열어두어서
해김치와 별두부 달감자가 둥둥 떠다니는 지구냄비

뚜껑이 없어 영영 닫힐 리 없는 줄 아느니
찰기 없는 발바닥을 더욱 끈적하게 붙이고 저마다
지구의 직립한 뚜껑이기를 자처하는 사람들로
밤낮 복닥거리지만 지구는 냄비 속
곧잘 시래기 타래 같은 정이 흘러넘치는 행성

(『시인동네』 2014년 봄호)

아차하다 냄비 뚜껑을 망가뜨린 저녁, 시인은 뚜껑의 상상력에 빠져 들게 된다. 시간적으로는 "선조의 선조의 선조의 아득한 선조"까지, 공간적 으로는 지구와 우주까지, 상상은 무한히 뻗어간다. 아득한 선조 때부터 저녁 의 냄비 뚜껑을 우그러뜨렸기 때문인지 지구에 제대로 된 뚜껑이 없어 해와 달과 별이 번갈아 넘나든다는 상상이 재미나다. 지구의 뚜껑이 없어 해와 달 과 별을 환히 볼 수 있는 것처럼 뚜껑이 없어서 좋은 일도 많다. 사랑도 익으 면 문을 열어야 하고, 모든 게 열어야 넘치거나 썩지 않고 우주로 통한다. 심 지어 사람의 몸에 있는 많고 많은 뚜껑들도 열렸다 닫혔다 하며 살아가게 한 다. 지구라는 거대한 냄비는 일찌감치 활짝 열려 "해김치와 별두부 달감자" 가 둥둥 떠다니는데, 그 안에는 스스로 "직립한 뚜껑이기를 자처하는 사람 들"이 복닥거린다. 뚜껑을 지키려고 고집하지 않고 좀 더 열어놓아도 좋을 것이다. 자신을 열어야 이미 활짝 열려 있는 우주와 직통할 테니까. (a)

선단여

이세기

문갑도라는 곳에는 바위들이 많다

진고박재 서쪽에 있는 말바위, 진말드랭이 위쪽 골짜기에 있는
구석바위, 채나무골에 있는 병풍바위

거룩하게 빛나는 단단한 바위들이 함께 모여 산다

이 고즈넉한 골짜기에서 이름이 붙여진 바위들은 얼마나 쓸쓸
한가

바닷가 바위로 태어나서

제 몸 파도에 부딪히며 소리 없이 살다가 죽는다는 것은 얼마나
시름겨운 삶인가

각흘도 가까운 데에는

오누이가 절절하게 사랑하다 죽어 바위가 되었다는 선단여라는
바위도 있다

(『신생』 2014년 여름호)

이 시는 문갑도, 각흘도 등 인천 앞바다의 섬을 소재로 하고 있다. 문갑도, 각흘도는 인천시 옹진군 산하의 섬들 중의 하나이다. 인천시 옹진군 산하의 적덕군도 주변에는 그 외에도 선미도, 덕적도, 소야도, 선갑도, 굴업도, 가도 등 많은 섬이 있다. 인천 앞바다의 예의 섬과 함께 하는 고단한 삶의 리얼리티를 추적해 주목을 받고 있는 것이 시인이다. 그는 우선 "문갑도라는 곳에는 바위들이 많다"는 발언부터 한다. "진고박재 서쪽에 있는 말바위, 진말드랭이 위쪽 골짜기에 있는 구석바위, 채나무골에 있는 병풍바위" 등이 그 예다. "함께 모여" 사는 "거룩하게 빛나는 단단한 바위들이" 그것이다. 하지만 "이 고즈넉한 골짜기에서" 이들 "이름이 붙여진 바위들은" 쓸쓸해 보인다. "바닷가 바위로 태어나서/제 몸 파도에 부딪히며 소리 없이 살다가 죽는다는 것은 얼마나 시름겨운 삶인가." 뿐만 아니라 이들 섬 중 "각흘도 가까운 데에는/오누이가 절절하게 사랑하다 죽어 바위가 되었다는 선단여"도 있다. 시인은 이들 섬을 통해 버려진 사람들, 외로운 사람들, 소외된 사람들의 면면들을 읽고 있는 것이다. (d)

레이어

이수명

계단에 앉아 있었지 커다란 계단
계단이 한쪽으로 기울어지고 있었고
나도 모르게 기울어지는 중이었고
마치 잘려진 듯
수많은 선들이 흔들리는 것이었고

나중에도 떨어지지는 않을 거야
빛과 어둠이 접촉하는 지점에서
균형을 잃고
계단을 시행하는 중이지

커다란 계단을 위해
통로를 치우고 허공에서
두 발을 교차하는 사람들

최소화된 발이었다.
희미하게 분산되는 발이었다.

발을 만들지 않고
여기서 가만히 눈을 감고 있으면
모든 것이 제자리에 있는 듯했다.

아직도

작은 난장이가
계단 위에 앉아 있는 것 같았다.

(『현대시』 2014년 5월호)

커다란 계단에 앉아 있는데 계단이 한쪽으로 기울어지고 마치 잘려진 듯 수많은 선들이 흔들리는 것은 물리적인 현상이 아니라 심리적인 현상이다. 이 시에서는 계단을 레이어라고 하여 수많은 선들로 켜켜이 쌓여 있는 듯한 계단의 이미지를 표현하고 있다. 레이어는 또한 시스템의 한 부분을 이루는 층을 뜻한다. 그러니까 이 시에서 계단은 건물을 오르내리는 기능적 구조라기보다는 커다란 시스템과 그것의 작동 방식을 내포하는 상징적 의미를 띤다. 이 계단에서는 앉아 있으면 기울어지거나 떨어지기가 쉽고, 끊임없이 두 발을 교차해야 한다. "커다란 계단을 위해/통로를 치우고 허공에서/두 발을 교차"해야 한다는 대목에서 이 계단이 이동 통로로서의 계단과는 전혀 다르다는 것을 명백하게 알 수 있다. '시행', '교차', '분산' 등의 공학적인 어휘들이 이 계단에서의 움직임에 대한 거리감을 보여준다. 그런 움직임을 거부하는 방식은 가만히 눈을 감는 것이다. 자기 자신이 중심이 되는 순간 모든 것은 제자리에 있는 듯하다. 그 모습은 멀리서 보면 "작은 난쟁이가/계단 위에 앉아 있는 것 같"을 것이다. 보이지 않는 사회적, 심리적 계단과 그것에 대한 불안 의식과 거부감을 시각화하는 방식이 흥미롭다. (a)

아주 잠깐

이시영

가자 지구를 향해 무차별 폭격을 가하고 있는
스물한 살 이스라엘 청년의 가지런한 이빨이
햇살 속에서 아주 잠깐 빛났다

(『21세기문학』 2014년 겨울호)

시를 두고 흔히 '순간의 거울'이라고 한다. 그렇다. "아주 잠깐 빛"나는 삶의 이미지를 순간에 포착하는 것이 시이다. 이 시도 한순간의 이미지를 포착해 묘사하고 있다. "가자 지구를 향해 무차별 폭격을 가하고 있는/스물한 살 이스라엘 청년의 가지런한 이빨이/햇살 속에서 아주 잠깐 빛"나는 장면이 그것이다. 아마도 시인은 이 장면을 TV의 뉴스나 보도특집 등을 통해 보았으리라. 대부분 사람들에게 이 장면은 단지 잠깐 지나가는 것에 불과했으리라. 이 순간의 장면에는 얼핏 아무런 감정도 개입되어 있지 않은 듯싶다. 그저 낯설고 어색한 한 장의 사진으로 인식될 수도 있다. 하지만 따져보면 "가지런한 이빨"을 가진 "이스라엘 청년의" "무차별한 폭격"으로 가자 지구에서는 얼마나 많은 사람들이 죽어갈 것인가. 모든 객관적인 현상 속에는 주관적인 의미가 들어 있다는 것을 기억하지 않으면 안 된다. (d)

눈

이여원

눈밭에서 구르다 돌아온 저녁
눈을 털어낸다
궤적은 어느 공터를 배회하고 있을까
지금껏 어느 눈에 들려고
때로는 비굴하게 견뎌온 날들
모르는 사이 너무 많은 눈에 들어가 있는 나는
혐의 없는 빈 걸음으로
혐의가 없어 더 슬픈 저녁에 앉아 있다

눈 안에 있지만 모두
눈 밖에 나 있는 사람들

녹화 기능이 있는 우리들 눈
한밤 꿈속에서 재생되고 있는
눈에 든 일들,
혹은 눈 밖의 일들

나는 당신을 본다는
나비족속들의 눈 인사말
빨간색의 말.

말에도 눈이 있다
황사 먼지 내리는 불편한 도시의 골목에도
냉정한 눈들이 녹지도 않고 내리는 중이다
눈을 피해 엘리베이터에 도착하면
여기에도 눈이 있다

(『시와시』 2014년 봄호)

자본주의 사회가 심화된 사회에서 사람들은 "눈밭에 구르"면서 살아갈 수밖에 없다. 계약자 간의 눈은 어느새 감시하는 눈과 감시받는 눈으로, 명령과 복종의 눈으로, 전문가와 비전문가의 눈으로, 권력자와 비권력자의 눈으로 관계를 맺고 있다. 그리하여 사람들은 "어느 눈에 들려고/때로는 비굴하게 견"디는 삶을 영위한다. 그러나 "눈 안에 있지만 모두/눈 밖에 나 있는 사람들"이 되고 만다. 사람들이 자신의 이익을 추구하기 위해 계산과 의심과 감시가 철저하기 때문이다.

　　어느덧 사람들이 쓰는 "말에도 눈이 있"는 상황이다. "황사 먼지 내리는 불편한 도시의 골목에도/냉정한 눈들이 녹지도 않고 내리"고 있다. "눈을 피해 엘리베이터에 도착"해도 "눈이 있"다. 사람들을 통제하고 관리하는 물질화된 "눈"이 세상을 뒤덮고 있는 것이다.

　　빅브라더가 공고해진 세상에 시인의 "눈"이 있다. 시인의 "눈"도 이 세상과 타협할 수밖에 없지만 그것을 알고 부끄러워하고 있다. (b)

황금빛 누더기

기본영어 부정사 단원에 나오던 이상한 문장,
그는 다시는 고향에 돌아가지 못할 운명이었다
허사(虛辭)란 게 원래 이상한 거지만,
그는 전쟁 노예로라도 끌려갔던 걸까
사형수였을까

그립기도 무섭기도 한 고향에 못 갈 것만 같아져
어린 나는 훌쩍거렸는데
도방에 첨 나올 적, 동구 다리 밑 봄볕에 나앉아 이 잡던
장발 거지 생각이 났더랬다
난 사십 년 후의 너야, 말 건네듯, 씨익 웃던
그의 손에 번쩍이던 누더기

전장과 감옥을 나는 모르고
방랑을 더욱 모르지만,
작은 곳 후미진 공중의 움막에 연년이 똬리 틀고 앉아
갇히며 떠돌며
사십 년을 흘려보냈지만
생각느니, 그는 그가 아니었을까
안개 같은 이역의 문장을 탈출해 조선 천지 어느 산골 아침에
예언질 하듯, 내 어린 발치에서 흥얼대지 않았을까

그의 전장 그의 방랑 그의 움막 부러워라
돌아갈 수 있는 곳이라곤 없었으나
돌아갈 수 없는 곳이 있었을 그 거지 자식
부러워라 아무도 가두지 않은 곳에 갇혀
생각느니, 이 별은 버려진 별

버드나무에 양말짝 널어놓고 종이때기에 뭔가 끼적대던
그는 내가 아니었을까, 그럴 리가?
돌아갈 수 없는 곳이 없는 곳
돌아갈 수 없는 곳이 없는 곳
최후엔 껍질을 벗기듯 누가 벗겨냈을 그,
황금빛 누더기 그리워라

(『발견』 2014년 겨울호)

우리말로는 어색하지만 이상하게 매혹적인 영어 문장들이 있는데, 시인에게 "그는 다시는 고향에 돌아가지 못할 운명이었다"는 문장이 그러했던 것 같다. 사람에게 쓰는 대명사를 차지한 이 이상한 말 '운명'은 무서우면서도 거부할 수 없는 예감을 불러일으키며, 시인이 될 어린 화자의 감성을 자극했던 것 같다. '운명'인 '그'는 고향을 떠나 떠돌던 장발 거지의 행색을 하고 어린 화자에게 나타나 사십 년 후의 모습을 예언했던 것이리라. 그런데 그토록 두려웠던 "고향에 돌아가지 못할 운명"이 이제 와서는 부럽기까지 하다. "돌아갈 수 있는 곳이라곤 없었으나/돌아갈 수 없는 곳이 있었을" 것이기 때문이다. 이 "버려진 별"에서는 돌아갈 수 없는 곳을 그리며 떠도는 방랑의 운명이야말로 최선의 선택이 아닐까. 그런 자신의 운명을 온전히 살아냈기에 '그'의 최후는 "황금빛 누더기"로 남은 것이리라. (a)

겨울 굴뚝새

이영춘

눈이 내리던 날 그녀는 어디 있었을까
동굴 같은 눈길을 겨우 구멍만 내놓은 길,
그곳 어디에 숨어 있었을까
술 취한 아비의 매를 피해
옆집 굴뚝 뒤에 숨어 울던 그녀,
겨울이면 관절이 더 쑤신다던 그녀의 말,
"네 아비에게 너무 맞아서 그런 것 같다."던
녹슨 쇳가루 같은 통증의 말,
오늘 내 가슴에 싸락눈발 같은 쇳가루로 부서져 내리는데
굴뚝 모서리에서 아슴아슴 통증 연기로 피어오르는데
그녀의 신발은 어느 눈 구덩 속에 묻혔을까
굴뚝 뒤에 숨어 울던 굴뚝새 되었을까
뽕나무 숲 돌밭 가에 돌무덤 되었을까
굴뚝같은 그녀의 사연 아득히 봉분으로 흐르는데
우-우- 대지를 쓸고 가는 저 검은 눈발
그녀의 슬픈 운명 눈발로 적어
여기 새 묘비명 하나 새긴다
'겨울 굴뚝새' 한 마리 눈 구덩 속에 잠들었노라고

(『현대시학』 2014년 4월호)

그녀로 호칭되는 '겨울 굴뚝새'를 노래하고 있는 시이다. 따라서 이 시는 인물 형상의 시이기도 하다. '겨울 굴뚝새'가 그녀의 객관 상관물이라는 것인데, 그렇다면 그녀, 곧 '겨울 굴뚝새'는 누구인가. "눈이 내리던 날 그녀는" "동굴 같은 눈길을 겨우 구멍만 내놓은 길" "어디에 숨어 있"고는 한다. "술 취한 아비의 매를 피해/옆집 굴뚝 뒤에 숨어 울던" 것이 그녀이다, "겨울이면 관절이 더 쑤신다던" 말로 미루어보면 겨울 굴뚝새는 이제 나이가 좀 든 듯하다. 그녀는 이어 시인에게 "네 아비에게 너무 맞아서 그런 것 같다"고 말한다. 이 "녹슨 쇳가루 같은 통증의 말"로 미루어보면 그녀가 누구인지를 바로 알 수 있다. "네 아비"의 아내라면 시인의 어머니일 수밖에 없기 때문이다. 어머니는 이렇게 아버지한테 맞으며 살았는데, 오늘은 어머니의 말이 시인의 "가슴에 싸락눈발 같은 쇳가루로 부서져 내리"고 있다. 시인은 지금 "굴뚝같은 그녀의 사연 아득히 봉분으로 흐르는데", "그녀의 슬픈 운명 눈발로 적어/여기 새 묘비명 하나 새긴다". "'겨울 굴뚝새' 한 마리 눈구덩 속에 잠들었노라고". (d)

먼지

이운룡

대소변 묵언수행이 끝났다.

저 먼지가 날벌레?
타일 바닥을 왔다 갔다 바쁘다.

발바닥이 들렸다.
탁……

먼지가 움직이지 않는다.
너무도 작은
하찮은

먼지가 진실로
먼지가 되었다.

영원무심의 일순간
왔다 갔다 바빴던 저것은
나, 나의 먼지

너무도 작고 하찮은.

(『푸른사상』 2014년 가을호)

시인은 지금 화장실에 앉아 있다. "대소변"을 보기 위해서이다. 대소변을 보기 위해 화장실에 앉아 있는 시간은 그에게 묵언수행의 시간이기도 하다. 묵언수행을 하다 보면 눈앞으로 먼지가 흩날리는 것이 보인다. 이때의 먼지는 날벌레이다. 날벌레인 먼지……. 먼지가 "바쁘"게 화장실의 "타일 바닥을 왔다 갔다" 한다. 시인은 발바닥을 들어 먼지를 탁 밟아본다. "먼지가 움직이지 않는다". 그렇게 하면서 "너무도 작은/하찮은 먼지가 진실로/먼지가" 된다. 그에게 먼지는 누구이고 무엇인가. "영원무심의 일순간/왔다 갔다 바빴던 저것은/나"다. 아니 "나의 먼지"이다. 나든, 나의 먼지이든 "너무도 작고 하찮은" 것이기는 마찬가지이다. 젊었을 때는 '나'라는 존재가 엄청나게 대단해 보인다. 하지만 시인은 지금 젊음을 보낸 지 오래이다. 원로의 나이가 되어 되돌아보면 세상일들 가운데 부질없지 않은 일이 없다. '나'는 특히 그렇다. 한갓 "너무도 작고 하찮은" 먼지에 불과한 것이 '나'이다. '나'에 쩔쩔매며 살아온 날들을 돌아보는 시이다. (d)

분홍 코끼리에게

이은규

수천 장 꽃잎을 녹여 빚은 듯 향기로운 살결을 가졌구나 쓰다듬는 손끝에 금세라도 물들 것처럼, 오래전 일을 기억하니 달아나지 못하게 발목에 걸어둔 쇠고리가 많이 무거웠지 움직이면 움직일수록 어린 발목이 부어오르곤 했지 그렇게 말뚝에 발목이 묶여 둥글게 원을 그리는 날들이었지 아무 일도 일어나지 않는 고요한 천국, 밤이면 먼 데 향해 분홍분홍 울지 않았니 이를 앙다물수록 새어 나오는 그 소리 아득했겠구나 그리움처럼 무럭무럭 자라 말뚝을 뽑아버릴 만큼 힘이 세졌지 안타까운 건 그 후에도 계속 같은 자리만 맴돌았다는 기록 혹은 기억, 끊임없이 원을 그리며 돌게끔 누군가 주술을 걸었나 걸지 않았나 오래된 기억과 결별하기 좋은 날 뽑을 수 없는, 뽑히지 않을 거라 믿었던 그 무엇과 말이야 이제 걱정하지 않기로 하자 내가 새로 태어났다면 모든 것이 새로 태어났을 텐데, 라는 묘비명 따위는 쓰지 말기로 하자 다짐하는 순간, 한줌 온기의 불씨가 살아났잖아 활활 저만치 잘못된 천국이 불타고 있잖아 이제 아득하게 웃기로 하자 잇몸도 시리게 분홍분홍

(『시와세계』 2014년 여름호)

이 시에서 분홍 코끼리는 누구이고, 무엇인가. 진짜 분홍 코끼리라는 것이 있기는 한가. 아니면 어느 특정 인물의 객관 상관물이 분홍 코끼리인가. 적어도 여성 신발 전문 쇼핑몰을 가리키지는 않는 듯싶다. 우선은 "꽃잎을 녹여 빚은 듯 향기로운 살결을" 갖고 있는 것이 분홍 코끼리라는 것을 알 수 있다. 따라서 암컷 코끼리가 분명한데, 시인은 계속 그에게 독백의 말을 걸고 있다. "달아나지 못하게 발목에 걸어둔 쇠고리가 많이 무거웠지 움직이면 움직일수록 어린 발목이 부어오르곤 했지" 하면서 말이다. 뿐만 아니라 시인은 분홍 코끼리에게 "말뚝에 발목이 묶여 둥글게 원을 그리는 날들이었지" "밤이면 먼 데 향해 분홍분홍 울지 않았니 이를 앙다물수록 새어 나오는 그 소리 아득했겠구나" 등 위로의 말을 하기도 한다. 이쯤 되면 분홍 코끼리의 객관 상관물이 누구인지 자못 분명해진다. "무럭무럭 자라 말뚝을 뽑아버릴 만큼 힘이 세"진 분홍 코끼리, "계속 같은 자리만 맴"돈 분홍 코끼리에게서 시인 자신을 발견하기는 어렵지 않다. 이로 미루어보면 시인이 저 자신과 독백의 위로를 나누고 있는 것이 이 시라고 할 수 있다. (d)

오후의 불안

이은봉

어느덧 여름이 끝나가고 있는 금요일 오후다 오늘 오후에는 우울보다 먼저 불안이 마음을 흔든다

어떻게 해야 하나 세상이 자꾸 뒷걸음질을 치고 있기 때문일까 생각지도 않은 문장이 입가를 맴돈다

우두커니 아파트 창밖을 바라보던 불안이 차츰 제 몸을 일렁이기 시작한다 잠시 머뭇대다가 불안이 손목을 잡고 이끄는 대로 길을 나서본다 어디로 가야 하나 불안도 딱히 갈 곳이 없다

불안을 따라 길을 나서더라도 양치질은 좀 해야지, 세수는 좀 해야지, 잠시 망설이는 사이 불안이 성큼성큼 앞장을 선다

불안이 내 손을 잡고 도착한 곳은 기껏 한 권의 시집 속, 늦여름 오후에는 불안도 그냥 무료한가 보다

침대 위에 배를 깔고 누워 불안을 따라 몇 편의 시 속을 떠돈다 떠도는 중에도 거듭 마음을 흔들어대는 불안, 시 속의 주인공도 마음 둘 곳이 없기는 마찬가지다

땅거미가 밀려오더라도 TV는 켜지 않기로 한다 TV는 역사를 거슬러 달리기 시작한 지 이미 오래다

갑자기 설거지부터 해야지, 세탁기부터 돌려야지 하는 아내의 목소리 먼 데서 들려온다 집안일부터 해야지, 빨래부터 해야지, 그래야 깨끗한 옷 갈아입지

불안에 쫓기는 오후의 내 마음도 세탁기 속에 집어넣고 빨 수는 없을까 옷가지를 집어넣고 세탁기의 버튼을 누른 뒤에도 불안은 내 손목을 잡고 시집 속으로 들어가고 싶어 안절부절 못한다

불안이 끝내 나를 끌고 간 곳은 스마트폰 속의 뉴스들, 시리아
는 화학무기로 또 수백 명의 국민들을 죽였다고 한다 흰 수의에
싸여 있는 수많은 주검들

문득 1980년 5월이 떠오른다 이런저런 상념 속으로 나를 밀어
넣는 오후의 불안, 그렇지 이 나라에서도 죽음은 끊이지를 않지

걸핏하면 죽음을 불러들이는 사건 사고들, 죽음을 향해 몰려가
는 사람들, 이 나라 사람들도 위험에 처해 있기는 마찬가지이지

아내도 왼쪽 갈비뼈와 오른쪽 손가락이 부러져 벌써 일주일째
병원에 누워 있다 자전거를 타다가 낭떠러지로 굴러떨어진 거다.

늙은 며느리의 시중을 드느라고 더 늙은 시어머니가 고생을 하
는 중에도 이리저리 나를 끌고 다니는 불안, 불안이 또 나를 낭떠
러지로 밀어 넣을 것만 같아 나는 그만 다시 또 안절부절 못한다.

(『유심』 2014년 6월호)

인간의 감정은 개인적인 것이지만 사회적인 상황에 영향을 받는다. 작품의 화자가 느끼는 "불안"도 그러하다. 그것은 개인적인 차원에서 불편한 일이나 위험이 닥칠 것 같아 갖게 되는 감정만이 아니라 "어떻게 해야하나 세상이 자꾸 뒷걸음질을 치고 있기 때문일까"와 같은 토로에서 볼 수 있듯이 사회 상황과 밀접한 관계를 갖고 있다.

따라서 "불안"을 극복하려면 사회의 개선이 필요하다. 작품의 화자는 그것을 알고 "길을 나"선다. 그리고 "한 권의 시집 속"에 도착했다가, 마침내 "스마트폰 속의 뉴스들"에 들어가본다. "시리아는 화학무기로 또 수백 명의 국민들을 죽였다고 한다 흰 수의에 싸여 있는 수많은 주검들"을 보게 되고, 문득 "1980년 5월"을 떠올린다. 그곳에 널브러진 "죽음"을 상기하며 "걸핏하면 죽음을 불러들이는 사건 사고들, 죽음을 향해 몰려가는 사람들"을 다시금 바라본다. 그렇지만 자신의 "불안"을 극복하는 대책을 마련하지는 못한다. 자신의 힘이 "죽음"을 일으키는 사회에 대항할 수 없다는 것을 알기 때문이다. 그리하여 "불안이 또 나를 낭떠러지로 밀어 넣을 것만 같아 나는 그만다시 또 안절부절 못"하는 것이다.

사회적 존재로 살아가려면 "불안"이 불가피하다. 자신을 역사적인 존재로 알고 있다가 우연적인 존재인 것을 발견하게 되면 두려움을 가지게 되는것이다. "불안"을 동반자로 삼으려면 확고한 역사의식이 필요하다. (b)

나무와 물고기

이재무

나뭇잎에 왜 물고기의 뼈가 새겨져 있는 걸까

메콩강에 가면 기원과 비밀을 알 수 있다

메콩강에 우기가 오면

물고기들은 강안으로 올라와

수피와 열매 먹으며 나날을 연명하지만

건기가 오면 미처 빠져나가지 못한

물고기들 죽어 초목의 질 좋은 거름이 된다

순환으로 영생을 꿈꾸는 나무와 물고기들

불어오는 바람에 나뭇잎들 팔랑팔랑 나부낄 때마다

물고기들 은빛 비늘이 반짝인다

(『시인수첩』 2014년 겨울호)

나뭇잎을 보고 어떻게 "물고기의 뼈가 새겨져 있"다는 발상을 했을까. 이 시는 무엇보다 기발한 발상으로 주목이 된다. 주지하다시피 발상이 기발해야 기발한 시를 만든다. 시작법에서 역발상, 전복적 상상력 등을 강조하는 것도 바로 이 때문이다. 우선 시인은 "메콩강에 가면" 나뭇잎에 "물고기의 뼈가 새겨져" 있는 "기원과 비밀을 알 수 있다"고 노래한다. 나아가 그는 "메콩강에 우기가 오면//물고기들은 강안으로 올라와//수피와 열매 먹으며 나날을 연명하지만//건기가 오면 미처 빠져나가지 못"하고 "죽어 초목의 질 좋은 거름이 된다"고 강조한다. 거름이 된 물고기들은 자연스럽게 순환을 해 이내 "영생을 꿈꾸는 나무"가 된다. 그래서 "불어오는 바람에 나뭇잎들 팔랑팔랑 나부낄 때마다" "물고기들"의 "은빛 비늘이 반짝"이는 것이다. 순환적 질서와 가치에 대한 새로운 인식을 강조하고 있는 것이 이 시라고 할 수 있다. (d)

밥상

이종섶

자동차 한 대 겨우 지나갈 수 있는
외진 산길
여기까지 와서 버리고 간
밥상

밥과 국과 반찬을 푸짐하게 얹을 수 있는
직사각형 표면이 멀쩡한 것을 보면
다리가 부러져 버려진 것이
틀림없다

꽃잎과 단풍과 마른 나뭇잎까지
제철 음식을 풍성하게 올려놓고
누군가를 기다렸을
식사 시간

사시사철 변함없이 먹음직스러운 밥상은
철마다 진수성찬을 마련해도
다리가 부러지지 않았을 것이다

부풀어 오른 네 귀퉁이는
지금도 날마다
음식을 차리고 있다는 증거

다리가 필요 없는 밥상은
손만 네 개다
풀과 나무가 가져다주는 재료에
햇빛과 비와 눈을 버무려가며
정성껏 차릴수록
더 굵어지는 손

그 손을 놓는 순간
숲 속은 가장
고요할 것이다

(『미네르바』 2014년 겨울호)

"외진 산길"에 버려진 "밥상" 하나. 버려진 이유는 "다리가 부러"졌기 때문이다. 따라서 제 기능을 다할 수 없는 것으로 보이는데, 작품의 화자는 존재 자체를 내세운다. 비록 다리가 없다고 할지라도 "밥상"이라는 존재 자체는 달라진 면이 없다고 인식하는 것이다. 그리하여 "꽃잎과 단풍과 마른 나뭇잎까지/제철 음식을 풍성하게 올려놓고/누군가를 기다"리는 "밥상"을 노래한다. "밥상"이 제 역할을 다하는 이상 "다리가 부러지지 않았"다는 것이다. 그리고 "풀과 나무가 가져다주는 재료에/햇빛과 비와 눈을 버무려가며/정성껏 차"려냈기에 더욱 풍성하다는 것이다.

자본주의 사회가 심화되면서 존재 자체가 점점 위축되고 있다. 존재 자체가 이익관계에 따라 무시되고 왜곡되고 수단화되고 심지어 상업화되고 있는 것이다. 따라서 시인이 다리가 부러진 "밥상"의 존재 자체를 발견한 것은 중요하다. 마치 팔이나 다리의 장애를 입었다고 해도 인간 존재 자체가 변하지 않았다고 인식하는 것과 같기 때문이다. 설령 장애우가 이익 창출에 기여하지 못한다고 할지라도 그가 존재하기에 인간세계는 영위되고 있는 것이다. 이 세계에 존재하는 모두가 "밥상"이다. (b)

남북사다리연합

이종수

얼마 전 동서사다리연합이 생기더니
남북사다리연합이 또 생겼다
그저 사다리차들의 연합에 지나지 않는 이름이지만
통일을 갈망하는 시민단체 이름 같다
비 오고 구름 끼기라도 하면 저 고층에서 실어 내려오고 올라가는
것이
단순한 살림살이가 아니라 평양 사는 이종수 씨*이거나
청주 사는 이종수 씨라면 어떨까
생각만 해도 간이 떨리지만 요상한 시국에서는
남북사다리연합이 출입사무소였으면 하는 생각

이삿짐이 아슬하게 턱을 넘어 사다리에 실려 내려온다
테이프로 입막음한 냉장고며 세탁기, 텔레비전
꺼내놓으면 내장처럼 쓰겁게 들들 볶는 세간들까지
굉음을 내며 오르내리는 아찔한 지점에 비무장지대가
길게 펼쳐진 것 같은,
서로 손 잡는 것도 어렵게 만들어 아찔한 높이에서
사다리로 오가는 민족의 세간들과 통일론들만
모서리가 긁히고 몇은 없어지고 닳아가는 것은 아닐까

그래도 좋은 날 받아 이사하는 날은

남북사다리연합이어서 설레고
부디 튼튼한 집에서 너나없이 잘 살았으면 좋겠다

* 하종오 시인의 「하종오 씨」에서 빌려옴.

(『통일, 안녕하십니까』, 2014년 객토문학 동인 11집)

"동서사다리연합"이나 "남북사다리연합"은 "사다리차들
의 연합에 지나지 않는 이름이지만/통일을 갈망하는 시민단체 이름 같게"
여겨진다. 그런데 이들 이름을 마주하는 순간, 우리는 이념의 색깔에 움츠
러든다. 그만큼 우리 사회에는 이념의 억압이 뿌리 깊다. 집권자들이 권력의
유지를 위해 매카시즘을 조장하고 있는 것이다. 그리하여 "평양 사는 이종수
씨이거나/청주 사는 이종수 씨라면 어떨까" 하는 생각을 하는데도 조심스러
워진다.

매카시즘은 1950년 조지프 메카시(Joseph R. McCathy, 1909~1957) 상
원의원이 공화당 지원 연설을 하면서 시작되었다. 205명의 공산주의자들이
국무부에서 활동하고 있다고 주장했는데 소련의 원자폭탄 보유를 비롯한 미
소 간의 냉전, 중국의 공산주의화, 동유럽의 공산주의화 등에 위협을 느낀
미국인들은 진위를 확인하기도 전에 관심을 가졌다. 그렇지만 곧 이성을 되
찾고 매카시즘의 폐해에 맞서 1955년 이후에는 미국의 정치에서 사라지게
되었다.

그런데 우리나라에서는 8·15해방 뒤 친일파 숙청이 시작되면서 친일파
세력들이 방어 내지 공격의 수단으로 매카시즘을 들고 나왔다. 이승만 정권
은 친일파 숙청을 내세우는 쪽을 공산주의자로 덮어씌웠고, 그 후에도 정치
적으로 필요할 때마다 이용했다. 그 잔재가 여전해 북방한계선(NLL)에 대한
남북 정상 회담 논란, 〈천안함 프로젝트〉 상영 중단, 전교조(전국 교직원 노
동조합)의 법외 노조 판결, 통합진보당 해산, 민주당에 대한 종북 씌우기, 시
국 미사에 참여한 천주교 신자들에 대한 종북몰이…… 이루 헤아릴 수 없다.
민주주의 가치를 억압하는 매카시즘을 더 이상 방관해서는 안 된다. (b)

행성 E2015

이진우

이른 아침에 원시의 밥을 먹고
포스트모던하게 핸드폰을 들고
중세의 회사에 나가
근대적 논리로 일하다가
현대의 술집에서 한잔하고
본능의 잠을 자는 나날들
돌아보면 그저 그렇고 그런 습관들이
만들어내는 안정된 생활이
대사와 동작을 반복하는 코미디처럼 느껴질 때
한번쯤 돌아볼 일이다
월급 명세서 위에서 2차원 활자로 살아가는 자신이
11차원 우주를 뛰어 넘나드는 자연스런 시간과
상상 너머 공간 어디쯤 있어야 하는지
안정에 목숨 걸고 변화에 인색한 생명이
어느 행성에서 번성하는지
혹은 멸망하였는지

(『시인동네』 2014년 겨울호)

2015년 지구 행성에서 살아가는 사람들의 평균적인 삶은 어떠할까? 이른 아침에 원시적인 최소한의 음식으로 요기를 하고, 기술의 최첨단을 보여주는 핸드폰을 들고, 여전히 중세 신분제 구조로 운영되는 회사에 나가, 효율을 최고의 기치로 삼는 근대적인 노동에 소진되고, 고독한 개인의 시름을 한잔 술로 달랜 후, 피곤에 절어 본능의 잠에 빠져드는 것이 대개의 일상이 아닐까? 삭막하고 거대한 쳇바퀴를 돌듯 이러한 일상을 반복하는 이유는 "안정된 생활"의 요구에서 벗어나기 힘들기 때문일 것이다. 그런데 문득 월급 명세서 위의 숫자에 연연하는 현재의 2차원적인 삶이 코미디처럼 느껴질 때가 있다. 검증되지는 않았지만, 물리학의 초끈 이론이나 M이론 등에서 주장하듯 실제의 시공간이 10차원이나 11차원이라면 한갓 2차원적인 평면에서 벗어나지 못하는 현재의 삶은 얼마나 좁고 답답한 것인가. 드넓은 우주에서 "안정에 목숨 걸고 변화에 인색한 생명"이 번성했을지 혹은 멸망했을지도 한번쯤 생각해봐야 할 것이다. (a)

기도에 대하여

이현승

꿈이 현실이 되려면 상상은 얼마나 아파야 하는가.
상상이 현실이 되려면 절망은 얼마나 깊어야 하는가.

참으로 이기지 못할 것은 생활이라는 생각이다.
그럭저럭 살아지고 그럭저럭 살아가면서
우리는 도피 중이고, 유배 중이고, 망명 중이다.
그럼에도 불구하고 더 뭘 해야 한다면

이런 질문,
한날한시에 한 친구가 결혼을 하고
다른 친구의 혈육이 돌아갔다면,
나는 슬픔의 손을 먼저 잡고 나중
사과의 말로 축하를 전하는 입이 될 것이다.

회복실의 얇은 잠 사이로 들치는 통증처럼
그렇게 잠깐 현실이 보이고
거기서 기도까지 가려면 또
얼마나 깊이 절망해야 하는가

고독이 수면유도제밖에 안 되는 이 삶에서
정말 필요한 건 잠이겠지만
술도 안 마셨는데 해장국이 필요한 아침처럼 다들
그래서 버스에서 전철에서 방에서 의자에서 자고 있지만
참으로 모자란 것은 생활이다.

(『창작과비평』 2014년 겨울호)

누구보다 '생활'에 무심한 듯했던 시인 이상조차도 「가정」이라는 시에서 "문을암만잡아다녀도안열리는것은안에생활이모자라는까닭이다"라며 그것과 관련된 난처함을 드러낸 적이 있다. "참으로 이기지 못할 것은 생활이라는 생각"은 누구도 예외 없이 잡아끄는 난제이다. 생활에 관한 한 "우리는 도피 중이고, 유배 중이고, 망명 중"이어서 겨우겨우 살아가는 형국이다. 자신의 앞가림에도 늘 급급하지만 그래도 뭘 더 해야 할 상황이라면 다른 사람의 슬픔에 먼저 손을 잡겠다는 생각 역시 인지상정이다. 슬픔이나 아픔이나 절망 때문에 기도해본 사람이라면 다른 사람의 기도에 기도를 더하는 마음으로 손잡는 것이다. 아프고 슬프고 지친 생활에 바치는 힘겨운 기도처럼 마음을 울리는 시이다. (a)

음악은 당신을 듣다가 우는 일이 잦았다

이현호

집 밖을 나서지 않는 음악과 동거하다 보면 문득
어떤 이름이 입술에 와 앉는다

몸을 통과해간 음(音)들과 귓속에서 길 잃은 음들 사이
고산병을 앓는 밤

음악은 이름을 발명한다
불타는 관(棺)을 강물에 띄워 보내듯이 어떤 율동을 빌리지 않고는
발음 못할 말이 있다

영원히 사랑하기 위해선 부재를 먼저 사랑해야 하듯이
마음의 볼륨을 줄이고 싶을 때

한 이름을 흥얼거리다 보면 다 지나가는 이 새벽
당신을 길게 발음하면 세상의 모든 음악이 된다

기도를 사랑하는 사람은 기도가 이루어지지 않길 바라고
우리는 음악을 울린다

(『푸른사상』 2014년 가을호)

음악이 먼저였을까, 당신이 먼저였을까. 집안에서 꼼짝도 않고 음악에 젖어있으면 '어떤 이름'이 자꾸 다가온다. 온몸을 채운 음들에 고산 병처럼 나른해지는 지경이 되면 음악의 율동을 타고 그 이름은 출현한다. "음악은 이름을 발명한다". 당신은 부재하지만 당신의 이름은 음악과 함께 영원할 듯 지속된다. 당신을 보고 싶은 마음의 볼륨은 줄이고 음악의 볼륨을 높이면 당신은 '이름'으로 "세상의 모든 음악이 된다". 기도를 사랑하는 사람 은 기도가 이루어지지 않고 영원히 지속되길 바란다. 영원히 사랑하기 위해 "우리는 음악을 울린다". (a)

불이(不二), 메뚜기 일기 · 1

이혜선

퉁방울눈에 말갛게 비치는 별빛,
긴 더듬이가 가리키는 기약 없는 그 사랑
허리가 부러져도 잊을 수 없다

댓돌 아래
겨울의 신발 끄는 소리 다가오는 밤
창밖에서 푸르르 날아오르는 메뚜기

ㄱ 자 다리 ㅡ 자로 힘껏 뻗치고
빨개진 코는 벌름벌름 얇은 날개 퍼득퍼득
짧은 목 길게 늘여 뛰어오르다가
엉덩방아 찧고 나자빠진다*

여기 풀밭에서 기어 다니며 벌레나 잡아먹는 일 따위에
한생을 바치느니 차라리
날아오르고 또 오르다가
풀밭에 코를 박고 죽는 편을 택하겠다, 대왕 메뚜기

오늘도 쓰레기통 속에서
짧은 목을 늘인다, 날개를 편다

* 괴테의 『파우스트』에서 메피스토텔레스가 인간을 비웃으며 한 말을 차용함.

(『시문학』 2014년 8월호)

풀밭에서 기어 다니며 "벌레나 잡아먹는 일"로 한생을 바쳐야 하는 대왕 메뚜기의 생태로 인간 실존의 유한성을 비유적으로 보여 주고 있다. 그것은 "별빛", "기약 없는 그 사랑"을 향해 긴 더듬이를 세우고 날아오르기를 반복하다 허리가 부러지기도 한다. 더구나 쓰레기통 속에 갇혀 죽음을 맞이할 수밖에 없음에도 불구하고 그곳을 벗어나 '별'이 기다리는 천상으로 날아가고자 날개를 펴는 무모한 시도가 눈물겹고도 아름답다. 풀밭에 머물고 있는 메뚜기의 눈 속에 별이 들어와 있으니 지상과 천상은 '불이(不二)'가 아닌가. 그 대왕 메뚜기는 지상에서 유한한 인생을 살면서도 자신의 실존적 한계를 벗어나 무한하고 밝은 천상을 꿈꾸며 사는 인간의 알레고리일 것이다. 인간은 헛되지만 아름다운 꿈이 있기에 지상적 삶의 우울을 견디면서 새로운 내일을 기다리며 살아가는 비극적이고도 희극적인 존재다. (c)

폭풍흡입

이희원

나는 흡입한다
이어폰으로 들려오는 음악 소리와
차창 밖 굉음을,

간판과 먹구름을
무가지와 전광판의 광고를,
나는 채워진다

한자와 로마자가 빨려온다
아라비아 숫자가 섞여 온다
문자 속, 말들이 뒤따라 온다

좁은 공간을 타고 그녀가 온다
그녀의 산이 오더니
그녀의 바다가 쫓아온다

갑자기 허기가 몰려오고
그녀의 입술을,
그녀의 가슴을,
향해 나는 돌진한다

과부하가 걸린 내 머리는 폭발하고
그녀의 말 한마디도 붙잡지 못한다.
한때, 그녀를 흡입한 적이 있기는 있었던가?

내가 찾고 싶은 것들은 늘 저 밖에 있고
"난 내 빵의 어느 쪽에 버터가 발려 있는지 모른다."

* 하워드 제이콥슨의 소설 『영국 남자의 문제』의 한 줄.

(『시와 세계』 2014년 봄호)

급속히 발달한 전자 기술의 도움으로 멀티미디어 시대에 돌입하여 편리한 생활을 누릴 수 있는 반면에 각종 기호의 홍수에 시달리는 게 요즈음의 현실이다. 각종 멀티미디어를 통해 대중들의 감각과 욕구를 부추기는 기호들은 그 과잉의 정도가 한계치를 넘어서고 있다. 화자가 귀에 끼고 있는 이어폰을 통해 들려오는 "음악 소리와/차창 밖 굉음"은 물론 상업성을 은밀히 내포한 각종 기호들이 섞인 채 몰려와 감각과 정신을 지배하려 든다. 욕망의 대상인 "그녀"는 산과 바다와 같은 위력으로 화자의 "허기"를 자극하여 무작정 돌진하게 한다. 무수한 자극에 노출되어 "과부하가 걸린 내 머리는 폭발하"지만 욕망은 더 커져 "그녀를 흡입한 적"이 없으며 그녀는 "늘 저 밖에"서 화자를 유혹한다. 그래서 욕망의 '허기'를 충족시켜줄 "버터가 발려 있는" 곳조차 알지 못한 채 또 다른 대상을 찾을 것이다. (c)

동시에

임솔아

자판기 불빛을 마시러 갔다. 만지작대던 동전을 넣으면 금세 환해지는 게 좋았다. 욕조 같은 종이컵과 악수를 하는 게 좋았다. 갓 태어난 메추라기처럼 따뜻한 종이컵. 테두리에 이빨 자국을 새겼다. 점자처럼. 의자 위에 세워두었다. 내가 버린 컵은 편지가 되었다.

비바람이 치는 밤에는 빗방울들이 악착같이 나를 부르는 게 좋다. 발음이 어려운 내 이름을 두 번 부르게 하는 게 좋다. 내 이름을 모르는 체하느라 벗어놓은 옷을 내가 뒤집어쓰는 게 좋다. 얼어버린 새에겐 얼어버린 날개가 있다. 폭우에 몸을 녹이느라 폭우를 맞는 게 좋다. 성당의 첨탑 아래에서는 악마와 천사가 공평하게 부식되는 게 좋다.

내 종이컵 편지에 빗방울이 옹기종기 모여들 것이다. 빗방울이 모여 구름을 새길 것이다. 연녹색 손바닥들이 버즘나무 가득 퍼드덕거릴 것이다. 잘 가라는 손짓이면서 동시에 잘 있으라는 손짓일 것이다.

(『문학동네』 2014년 가을호)

이 시에는 서로 다른 세 개의 장면이 나열되어 있다. 1연에서는 자판기의 종이컵이 중심을 이룬다. 자판기의 '불빛'을 마시러 갔다는 표현이 인상적이다. 화자가 필요로 하는 것은 환하고 따뜻한 느낌인 것이다. 종이컵과 '악수'한다는 표현이나 종이컵에 점자를 새기고 그것이 '편지'가 된다는 표현에서 소통을 바라는 속마음을 읽을 수 있다. 2연에서는 비바람 치는 밤의 광경을 그리고 있다. 빗방울들이 들이치는 소리를 자신의 이름을 부르는 것으로 생각하는 데서도 소통을 향한 관심이 드러난다. 그런데 이 장면에서는 애써 못 들은 척하는 마음이 표현되기도 한다. 자신의 이름을 불러주기를 바라는 마음과 그것을 모르는 체하는 마음은 동전의 양면 같은 것이다. 그것은 동시에 존재한다. "성당의 첨탑 아래에서는 악마와 천사가 공평하게 부식되는 게 좋다"는 구절은 이런 이중적인 마음을 절묘하게 비유하고 있다. 3연에서는 다시 종이컵 편지로 시선이 옮겨간다. 비바람이 몰아친 후 종이컵에 담겨 있을 편지에 대한 상상이 이어진다. 종이컵 편지에는 구름도 등장하고 연녹색의 버즘나무 이파리들도 손을 흔들고 있을 것이다. 잘 가라는 손짓이면서 '동시에' 잘 있으라는 손짓일 것이다. 무관해 보이던 세 개의 연은 종이컵 편지와 빗방울들에 의해 하나로 연결되며 서로가 서로를 부르고 만나고 싶어 하는 마음을 재미나게 보여준다. (a)

천정

장만호

천장(天障)보다는
천정(天井)이라는 말이 좋다

천정, 하고 중얼거리면,
어렸을 적 여덟 식구가 한방에서 자던 때 같고,
조금 더 자라면
어디론가 나갈 수 있을 것 같고,
나만 나가기엔 미안한 마음 환하고,

올려다볼 하늘 한 뼘 가지고 있는 것 같아서
견딜 수 있을 것 같고,
더는 못 견딜 것 같고

천정이라는 말에는
풀썩풀썩 집을 빠져나오는 꿈이 있는 것 같고
더는 못 간다
떨어졌다
다시 올라가는 벚꽃이,
눈송이 날리는 겨울이 있는 것 같다, 사랑하는
가을이
있는 것 같다

천정, 하고 조용히 중얼거리면
어느새 방 안을 운행하는 해와 달
낮과 밤이
새벽과 저녁이, 밀려갔다
밀려오는 별빛이
이 큰 호리병에 가득할 것 같은데

흐린 날 반지하
골목길을 걸으면
병 깊은 곳에서 들려오는 소리들
　여기, 사람 있어요
　　여기 사람이, 산다구요

천정 아래에서
천정 위에서
내밀어 주는 손 있을 것 같아서
우리는 그렇게 악수할 것 같아서

(『세계의문학』 2014년 가을호)

표준어가 아니지만 표준어보다 더 정감이 가는 말들이 있다. 시인은 천장(天障)보다 천정(天井)이 좋다고 한다. 막을 장(障)자가 쓰여 답답한 천장보다 우물 정(井)자가 쓰여 트여 있는 듯한 천정이 훨씬 낭만적이고 정감 있기 때문일 것이다. 천정이라고 하면 한방에 여덟 식구가 사는 답답한 상태에서도 어디 한 구석은 트여 있어 나갈 수 있을 것 같고 올려볼 하늘 한 뼘은 가진 것 같을 것이다. 천정이 있는 방을 해와 달과 별, 낮과 밤, 새벽과 저녁이 밀려갔다 밀려오는 호리병으로 표현한 구절이 아름답다. 흐린 날이면 그 병 깊숙한 데서 "여기, 사람 있어요"라는 소리가 들려오는 듯하다는 말은 가슴이 아프다. 그래도 천정이라면 한군데 뚫린 구멍으로 위아래에 있는 사람들이 서로 손을 잡고 악수할 수 있을 것 같다는 말은 따뜻하다. 시인은 이렇게 표준어에서 밀려난 말에 다정한 숨결을 불어넣어 다시 살아 숨 쉬게 한다. ⓐ

사람책
— 견고한 증언

전다형

　디오스 냉장고 숨을 거뒀다 단단한 결빙을 풀었다 믿음이 행방을 감췄다 얼린 약속이 녹았다 속내를 털어놓았다 소통을 뽑은 전선이 나뒹굴었다 관계가 느슨해지고 꼭 다문 입을 열었다 줄줄 누수의 관계가 세상에 까발려졌다 수리기사가 달려왔다 결빙의 신봉자는 주술에서 풀려났다 결속이 발 빠르게 자리를 떴다 달려온 수리기사는 빠른 결속을 유도했다 풀린 주문이 다시 살아났다 싱싱한 부활이 다시 진열되고 싱싱한 혀들이 주렁주렁 매달렸다

　전자계측기를 든 기술자는 서로의 믿음을 점검했다 엇나간 사랑을 주입하고 방전된 믿음을 갈아 끼우고 새로운 입단속에 대해 사용설명서 일독을 권했다 뽑힌 코드를 꼽자 싱싱한 믿음이 펄펄 살아났다 상추 고추 오이 사과 배 똥거름 먹고 자란 것들이 다시 한 가족으로 진열되었다 우리의 믿음은 당분간 튼튼, 목구멍이 모시는 맛의 신전은 거룩한 냉동천국, 아멘!

(『포엠포엠』 2014년 가을호)

"증언"의 풍토가 확립되어 있으면 이 세상은 정직하고 공정하다. 사실을 사실대로 증명하는 것이 당연시되는 사회라면 정책의 결정도 투명하고 법원의 판결도 정직하고 노동의 대가도 공정할 것이다. 그렇지만 그와 같은 사회의 실현은 마치 유토피아의 세계처럼 이루기가 어렵다. "냉장고"가 숨을 거두어 "관계가 느슨해지"는 것과 같이 "믿음이 행방을 감"추는 것이다.

이러한 세상을 살릴 수 있는 이는 "전자계측기를 든 기술자" 같은 인간이다. 인간만이 이 세계를 만들 수 있는 것이다. 그러므로 "서로의 믿음을 점검"하는 일이 필요하다. "엇나간 사랑을 주입하고 방전된 믿음을 갈아 끼우고 새로운 입단속에 대해 사용설명서"를 읽어야 하는 것이다. 시인도 예외일 수 없다. 오히려 선두에 서서 "증언"을 노래할 필요가 있다. (b)

오후 두 시의 벚꽃잎

전동균

호랑이, 흰 호랑이가 달려왔어

그때 나는 늦은 점심을 먹고 있었지 짜장면을 먹으며 책상 밑에
얌전히 놓인 구두를 바라보고 있었어 초원을 내달리는 무소였던,
태양의 콧김이었던, 손을 흔들며 환호하는 강물들, 달려도 달려도
끝없는 지평선이었던 낡은 구두의 한생을 생각하다가 나도 모르
게 목이 메었어 미안하다, 사과하고 싶었어 그 순간,

해가 사라지고 유리창의
눈꺼풀이 떨리며 닫히고 어디선가
낯선 바람이 불어오고

흰 호랑이들이 달려와 내 얼굴을 물어뜯고
가슴을 파헤쳤어 순식간에
피범벅 된 나를 세상 밖으로 내팽개치는

번개의 무늬들

(『현대시』 2014년 5월호)

꽃에 관한 시들은 무수히 많지만 이 시처럼 강렬하고 힘이
넘치는 경우는 드물다. 이 시에서 벚꽃은 흰 호랑이에 비유된다. 너무 엉뚱
해 보이는 이 비유는 시상이 전개되어가면서 더할 수 없이 적절하고 탁월한
표현인 것으로 증명이 된다. 이 호랑이-벚꽃을 만나기 직전 시인은 짜장면
을 먹고 있었다. 늦은 점심이니 허름한 중국집에서 혼자 짜장면 그릇을 마주
하고 있었을 것이다. 달리 볼 것이 없어 책상 밑에 놓이게 된 구두를 바라보
며 한때 초원을 내달리던 무소였을 구두의 한생을 떠올리고 애잔해하고 있
는데, 갑자기 심상치 않은 날씨가 시작된다. 해가 사라지고 낯선 바람이 불
어와 바깥으로 눈을 돌린 시인에게 갑자기 흰 호랑이들이 달려든다. 중국집
4층 창문에 드리웠던 벚나무 가지가 시인의 시야로 확 다가온 것이다. 허름
한 중국집의 누추한 풍경 안으로 느닷없이 뛰어들어온 눈부신 벚꽃의 형상
과 그것이 일으킨 놀라움이 흰 호랑이로 표현된 것이다. 한순간에 온 마음을
사로잡아 멍하게 만든 그 특별한 순간은 호랑이에게 사정없이 뜯기고 파헤
쳐져 내팽개쳐지는 듯한 강렬한 인상으로 비유된다. 벼락 맞은 듯 느닷없고
놀라운 그 순간은 "번개의 무늬들"로 선명하게 각인된다. (a)

변호인

전 숙

극장 문을 밀치고 쏟아져 나오는 침묵들
가슴속에는 정의의 불씨 한 톨씩 품고 있다
어느 힘없는 풀꽃도 어느 가난한 바람도
억울하지 않는 것이 정의라고?
극장 계단을 다 내려가기도 전에 스러질
빈말이 유월 버들가지처럼 치렁치렁 햇살에 빛나고 있다
제 목숨도 변호하지 못하는 뼈 없는 혀로
풍장된 주검에 열광하는 스마트폰이 진동음으로 운다

다시 살처분이 시작되었다는 SNS
고병원성조류독감으로 판결받은
오리들은 변호인도 구하지 못하고 다시 매몰되기 시작했다
정의의 여신은 구리에 내려앉은 인류의 푸른 추억이다
정의의 칼이 벨 수 있는 건 숙취에 목마른 자리끼 한 모금
정의의 저울로 재면 가장 가벼운 것은 눈물과 한숨이고
가장 무거운 것은 오리발과 건망증이다
정의는 크레인의 높이에 매달려 오금이 저리고
어여쁜 여신은 눈을 가리고 허기진 평등을 고수레 중이다

숲은 기진맥진한 연어를 잡아먹고 태양은 숲을 호령한다
달빛의 눈물은 투명체이므로 시인에게만 보인다

머리가 광속으로 회전하면 기억은 지워진다
생각나지 않습니다
생각나지 않는 증언만 유효하다
건망증이 나라를 구한다.

(『시와사람』 2014년 겨울호)

〈변호인〉은 2013년 12월 18일에 개봉한 영화로 1천만 이상의 관중들에게 사랑을 받았다. 제16대 노무현 대통령이 변호사 시절에 맡았던 '부림사건'을 배경으로 한 영화로 양우석 감독이 연출했고 송강호 배우가 주연을 맡아 호연을 펼쳤다. '부림사건'은 전두환 정권 초기였던 1981년 부산 지역에서 사회과학 독서 모임을 한 학생, 교사, 회사원 등 22명을 불법 체포한 뒤 감금하고 고문을 가해 국가보안법, 계엄법, 집시법 위반 등으로 기소한 용공조작 사건이다. 따라서 그 사건을 배경으로 삼은 영화에서 정의를 위해 온몸으로 싸운 변호인의 모습은 감동을 준다. 영화를 관람한 관객들이 그 변호사에게 감동한 것은 그만큼 우리 사회가 정의롭지 못하다는 것을 반증한다.

실제로 우리 사회의 "정의의 여신은 구리에 내려앉은 인류의 푸른 추억"에 불과하다. "정의의 칼이 벨 수 있는 건 숙취에 목마른 자리끼 한 모금"뿐이다. 그리고 "정의의 저울로 재면 가장 가벼운 것은" 가난하고 학력이 낮고 힘이 없는 사람들의 "눈물과 한숨이고", "가장 무거운 것은" 부정과 불법으로 권력을 쥔 사람들이 내세우는 "오리발과 건망증이다". 그리하여 작품의 화자는 "정의는 크레인의 높이에 매달려 오금이 저리고/어여쁜 여신은 눈을 가리고 허기진 평등을 고수레 중"이라고 에둘러 비판하고 있다.

작품의 화자는 직업적인 '변호사'보다 인간적인 "변호인"을 부른다. "변호인", 길거리의 간판처럼 반짝인다. (b)

사랑은 간헐

정끝별

시월은 암구름 발정기다 마파람에 게눈이다 게눈 따라 숫구름
도 쏜살이다 나이아가라 구름 끝까지 따라붙는 숫구름만이 암구
름 차지다 털 쎈 숫구름을 품으려는 암구름의 밀당법이다 하늘에
구름 한 점 없고 말이 살찌는 이유다

하늘이 낮아지는 동짓달이면 숫구름은 느릿느릿 떼로 몰려다니
다 내려앉다 갈앉다 흩어질 때면 너무 외로운 나머지 제 그림자를
눈사람처럼 세워놓기도 한다 그때쯤 암구름이 몰려와 유유적적
흰 그림자를 뒤지고 다니다 제 몸에 들어맞는 숫구름을 골라 입고
긴 밤 속으로 사라진다 그때마다 또 눈이 올 듯 말 듯

춘삼월 구름은 햇구름, 솜털보다 솜사탕보다 화안하다 갑빠처
럼 알통처럼 숫구름도 헛꿈을 불린다 허파요 가빠요 까르르대다
훌렁 뒤집힌 후란넬 치마 속 흰 빤스처럼 암구름은 온몸이 궁둥이
다 겨드랑이 오금이 가렵고 중구난방 봄구름에 알러지다

물 만난 구름철에 암수구름 상열지사는 다반사다 숫구름은 암
구름 심장을 찢고 늑골에 고인 눈물을 빨기 시작한다 체온과 염도
가 맞으면 제 눈물을 흘려 넣기도 한다 상처가 아물 즈음 숫구름
은 그대로 암구름이 된다 오뉴월 비가 잦고 비늘구름 뒤에 먹구름
의 슬픔이 섞여 있는 이유다

(『창작과비평』 2014년 겨울호)

구름의 사랑법을 이처럼 상세히 관찰한 시는 드물 것이다. 계절별로 자세히도 그려진다. 암구름과 숫구름이 밀당을 하며 계절마다 사랑을 변주시켜나가는 과정이 흥미롭다. 이 시에서 계절의 순서는 가을-겨울-봄-여름의 순이다. 구름이 가장 적은 가을로부터 시작하여 가장 많아지는 여름에서 절정을 이루며 끝나는 셈이다. 구름의 사실적인 형상과 작용을 남녀의 사랑에 빗대면서 시 전체가 흥미로운 표현들로 넘치고 있다. 가을 하늘은 재빨리 사라지는 암구름과 쏜살같이 쫓아가는 숫구름이 가끔 보일 뿐이어서 청명하고, 겨울 하늘은 무겁게 내려앉은 숫구름에 암구름이 몰려와 만나게 되면 눈이 올 듯 말 듯한 상태가 된다. 봄 하늘에는 암구름이나 숫구름 모두 잔뜩 들떠 부풀어 있고, 여름 하늘은 암수구름의 상열지사로 비가 잦고 요란하다. 이렇게 보면 드넓은 하늘은 계절마다 변덕스럽게 사랑법을 바꾸는 암구름과 숫구름의 신나는 연애 장소인 셈이다. 섬세한 관찰이 기발한 상상과 별개의 것이 아님을 보여주는 시이다. (a)

고갱을 묻는 밤

정 선

그렇게 안부를 묻는 밤이 있었다

경멸 어린 노랑을 묻었다

술과 책으로 흐르는 별밤을 묻었다

납득 못 할 풍경이 새벽을 통과한 아름다운 광기를 묻었다

고독이 둥지 튼 상상을 묻었다

이상은 멀고 가까운 위선을 묻었다

먼 밀밭에서 붉게 피어난 아몬드를 묻었다

돌연변이를 일으키는 불온한 경계를 묻었다

마른 겨드랑이를 묻었다

독 오른 푸른 꽃과 호흡하는 경솔을 묻었다

고통을 품고 잠든 귀를 묻었다

마음을 귀로 믿어버린 어리석음을 묻었다

돛단배를 띄우지 못한 캔버스를 묻었다

의자 위에 흔들리는 촛불을 묻었다

아홉의 일곱 날을 묻었다

저 홀로 늙어가는 파이프의 미래를 묻었다

(『딩아돌하』 2014년 봄호)

이 시는 후기 인상파 시대를 이끈 프랑스의 화가 고갱(1848~1903)의 삶 또는 그의 그림들을 차용하여 패러디하고 있다. 고갱은 유럽의 문명에 의한 인간성의 파괴에 대한 염증 때문에 모국을 떠나 남태평양의 섬 타히티에서 평생을 살며 오염되지 않은 원시적 자연을 배경으로 그림을 그렸다. 시인은 고갱의 안부를 물으며 그와 관련된 다양한 이미지를 "묻었다"고 반복한다. 그리고 "아름다운 광기"를 가슴에 묻고 위선을 버리고 이상을 찾아 고독하게 상상을 날개를 펴기 위해 "돌연변이를 일으키는 불온한 경계를 묻"고 초월한 고갱의 예술 세계를 다양한 이미지의 편린들로 보여준다. 고갱은 색채를 단순화하여 당대 화가나 세인들의 "경멸 어린 노랑"을 비롯한 원색을 즐겨 써서 원시적 야성의 순수성을 그렸다. 그리고 고통을 품고 자신의 마음 깊이를 성찰하며 신비한 이상 세계로 나아가듯 돛단배를 캔버스에 그렸다. '묻었다'의 반복은 그러한 고갱의 예술혼을 가슴에 품고 닮으려는 시인의 치열한 내면을 엿보게 한다. (c)

통화 살해

정세훈

삼성전자서비스 충남 천안센터에
소비자 불만 고객의 소리가 접수된 날
자본이 노동을 통화 살해했다.

"임마, 새끼야. 네가 지져버리던지
칼로 찔러서 죽여 버리던지
그렇게 하던지 해야지
왜 말이 나오게 해갖고 가서 빌게 만드냐 이거야
고객을 잡으려면 확실히 개 잡듯이 잡아버리란 얘기야
이 새끼들이 나보고 와서 무릎 꿇고 빌라는데
내가 가서 무릎 꿇고 빌어야 되냐?
확실하게 지져버리라니까
죽여버리던지 갈기갈기 찢어서 널어버리던지
신나 뿌려서 씨발 죽여버리면 되지
확실하게 잡던지 입을 막던지
정 못 이기겠으면 고객의 요구에 따르던지
그래야 남자 아니야 새끼야.
내일 아침에 네가 맞다이 까던지
내가 가서 무릎 꿇고 빌던지
둘 중에 하나 선택해 알았어?"*

"죄송합니다. 알겠습니다. 사장님!"

삼성전자서비스 충남 천안센터에
소비자 불만 고객의 소리가 접수된 날
비정규직 노동자 최종범 씨가 통화 살해됐다

* 삼성전자서비스 충남 천안센터 사장이 비정규직 노동자 최종범 씨에게 전화로
  폭언한 내용.

(『리얼리스트』 2014년 통권 10호)

"그동안 삼성서비스 다니며 너무 힘들었어요. 배고파 못 살았고 다들 너무 힘들어서 옆에서 보는 것도 힘들었어요." 삼성전자서비스 충남 천안센터에서 일하던 고(故) 최종범 씨가 유서로 남긴 내용이다.

"삼성전자서비스 충남 천안센터" 근무하는 "최종범 씨"는 비정규직 노동자였다. 살아가기가 힘들 정도로 임금이 적었고, 출장 작업에 필요한 차량도 공구도 자재도 근무복도 개인이 구입해야만 될 정도로 근무 조건이 열악했다. 몸이 좋지 않아 휴가를 내어도 반려당하기 일쑤였다. 또한 "임마, 새끼야. 네가 지져버리던지/칼로 찔러서 죽여버리던지" 같은 사장의 막말에서 볼 수 있듯이 인간적인 대우를 받지 못했다. 그리하여 결국 자살하고 만 것이다.

"최종범 씨" 같은 노동자가 나오지 않기 위해서는 사용자의 인식이 달라져야 한다. 그렇지만 그동안 사용자들의 비인간적인 행태에서 보았듯이 기대하기가 어렵다. 따라서 사용자의 변화를 기다리기보다는 노동자들이 스스로 대항해야 한다. 노동조합의 결성과 활동에 적극성을 띠어야 하는 것이다.

2013년 7월 14일 삼성전자서비스 산하에 비정규직 노동조합이 결성되었다. 75년 동안 무노조의 경영을 고집해왔던 삼성의 벽이 무너진 것이다. 이제 노동자들은 더욱 단결해 근로기준법의 준수를 비롯해 권익을 찾아야 할 것이다. (b)

앙카라 학교

정연홍

너, 한국 사람이지!
터키의 재래시장 투르크족이 사는 곳
난데없이 거친 손 하나가 불쑥 내 손을 잡는다
아리랑 아라리요 아리랑 고개를
넘어서 왔다는 덥수룩한 콧수염의 영감
육이오 때 다리 하나 잃어 절뚝이면서
그의 입에서 튀어나온, 앙카라 학교
오십 년이 넘어 다시 만난 한국 사람
그가 말하는 앙카라는, 터키 수도 앙카라가 아니라는 것을
입술에서 번지는 향기를 보고 알았다

세 살배기 내 딸만 한 아이들이
낙엽처럼 거리 헤매며 쓰레기통 뒤질 때
더 이상 시들지 말라고, 활짝 꽃 피우라고
군인들이 탱크처럼 든든히 지켜주던 곳
몽골 초원을 달리던 유목민들의
피가 섞여 양고기만 먹고
치즈를 즐겨 먹는 사람들
고구려와 함께 수나라와 전쟁을 한 사람들

육이오 때 참전하신 한 사람을 떠올리며
그의 손을 다시 잡았다

(『시와시』 2014년 봄호)

앙카라 학교는 한국전쟁에 참전한 터키의 군인들이 설립해 전쟁의 고아들을 돌보아주던 시설이다. 작품의 화자는 여행길에서 뜻밖에 그 터키군이었던 사람을 "터키의 재래시장 투르크족이 사는 곳"에서 만났다. "너, 한국 사람이지!" 하며 "난데없이 거친 손 하나가 불쑥" 내미는 "덥수룩한 콧수염의 영감"이었는데, 그는 "육이오 때 다리 하나 잃어 절뚝이"고 있었다. 그리하여 화자는 "그의 손을 다시 잡았다". 우리의 자유와 평화를 위해 머나먼 이국에서 와 목숨을 건 그에게 인사를 하지 않을 수 없었던 것이다.

터키는 우리에게 '형제의 나라'로 잘 알려져 있다. 그 근거는 한국전쟁 때 많은 병력을 파견해 백척간두에 선 우리나라를 도와준 데 기인한다. 뿐만 아니라 "세 살배기 내 딸만 한 아이들이/낙엽처럼 거리 헤매며 쓰레기통 뒤질 때/더 이상 시들지 말라고, 활짝 꽃 피우라고" 앙카라 학교를 짓는 등 전쟁으로 폐허가 된 나라를 돌보아주었기 때문이다.

터키는 1950년 7월 유엔사무총장의 파병 요청을 제의받고 5,500여 명 규모의 지상군을 1년씩 교대로 보냈다. 그리고 전투에 직접 참여해 "전쟁 기간 중 전사자 721명, 전상자 2,493명, 실종 175명, 포로 234명 등 총 3,623명에 이르는 인명 피해를 입었다." 이와 같은 역사적 사실로 볼 때 터키는 우리에게 형제의 나라로 불릴 수 있다. 인간 세계에서 가장 잔인한 폭력은 전쟁이므로 그 어떤 명분으로도 용인될 수 없다. 형제의 나라에서는 더욱 그러하다. (b)

올빼미의 눈이 차갑다

정우영

나는 오늘 아무래도 혼자가 되어야겠다.
술자리라도 만들어볼까, 생각했지만
술도 못 마시니 무슨 재민가.
얌전히 집에 처박혀 텔레비전이나 틀기로 한다.
뉴스는 아마 안 볼 것이다.
컴퓨터도 켜지 않을 것이다.
밥은 먹는 둥 마는 둥 하고 액션영화나
에로영화를 켜놓고 질질거릴지는 모르겠다.
그렇지, 중요한 건 내가 나를 비켜 슬쩍
나를 지켜볼 필요가 있다는 점이다.
짙어가는 우울 냉정하게 파악하려면
쭈그려 앉아 고개 틀고 올려다보는 게 상책이다.
보이잖은 것들도 잠깐 정체를 드러내곤 하지 않던가.
아하, 그런데 내 관념을 비웃기라도 하듯
켜놓은 액션영화나 에로영화가 쏙 빨아들이면 어떡하지.
화면 속으로 폭 빠져든 나를 어떻게 봐줘야 할까.
쓰잘데기없는 걱정 켜켜이 얹어가며
날렵한 스마트폰 톡톡 건드린다.
폰 배경에 집 지은 올빼미의 눈이 차갑다.

(『시작』 2014년 가을호)

사람들은 어딘가에 소속되어 있을 때 안전감을 느낀다. 하지만 창조적인 일을 하는 사람은 혼자 있을 때도 있어야 한다. 공공(公共)의 업(業)만으로 살면 군중 속의 고독에 빠지기 쉽다. 그래서일까. 시인은 "오늘 아무래도 혼자가 되어야겠다"고 생각한다. 그런데 "혼자가 되어" 무엇을 하나. 텔레비전 뉴스도 안 보고, "컴퓨터도 켜지 않을 것이다". "액션영화나/에로영화를 켜놓고 질질거릴지는 모"른다. 정작 "중요한 건 내가 나를 비켜 슬쩍" "지켜볼 필요가 있다는 점이다". "짙어가는 우울 냉정하게 파악하려면/쭈그려 앉아 고개 틀고 올려다보는 게 상책이다". 그렇게 하면 "보이잖은 것들도 곧잘 정체를 드러내곤" 하기 때문이다. 하지만 텔레비전을 켜고 "화면 속으로 폭 빠져"들면 어쩌나. 그런 "나를 어떻게 봐줘야 할까". 내가 "나를 지켜" 보아야 하는데 또 어딘가에 "폭 빠져"들면 어떻게 하느냐는 것이다. 그리하여 시인은 스마트폰이나 "톡톡 건드"려보는데, "폰 배경"의 "올빼미의 눈이" 자신을 차갑게 쏘아보는 것을 느낀다. (d)

내 이름은 보라

정운희

입양되던 날 보라색 운동화는 세 살
그대로 이름이 되어버린
보라슈퍼 보라아버지 보라라이터 보라향수……

살갑게 안기는 곳은 어디일까
달빛의 이목구비를 더듬으며
이층 오른쪽 창문에 실루엣으로 나타난다

입양아와 달의 거리를 거울에 걸어놓고
귀고리를 떼고 스타킹을 벗는 일
화장을 지운 알몸을 오랫동안 느껴본다
손이 닿을 듯한 먼 곳의 살 냄새
습성처럼 골목을 이해하고 생년월일을 암기하고
모르는 별의 이름은 그대로 묻자

곰은 곰의 방식대로 배를 채우고
여우는 여우의 감정으로 영화를 보겠지
한밤이 주는 아늑함은
거울 속처럼 깊어 안쪽에 기대보지만
꿈의 부스러기로 흩어져
한쪽으로만 기우는 달빛

보라의 운동화는 스물세 살
보라슈퍼의 간판도 스물세 살
아장아장 걸어오는 아이였다가
자꾸만 두리번거리는 귓속 달팽이였다가

보라야, 거듭 뒤돌아보는
거리에서 육교 위에서 전철 안에서
조용히 멀어지는 보라의 물결

(『다시올문학』 2014년 가을호)

"세 살" 때 "입양"된 아이가 어느덧 "스물세 살"의 성인이 되었다. 그 아이는 "입양"할 때 "보라색 운동화"를 신고 있어 "그대로 이름이 되어" "보라슈퍼 보라아버지 보라라이터 보라향수"로 불리었다. 그녀가 "거듭 뒤돌아보는/거리에서 육교 위에서 전철 안에서/조용히 멀어지는 보라의 물결"을 바라보는 것은 살아온 시간들을 반추하는 모습이다. 마음속 깊은 곳에서 "세 살" 때부터 "스물세 살"의 시간이 물결처럼 흐르고 있는 것이다.

그 세월 동안 그녀는 "달빛의 이목구비를 더듬"기도 했고, "모르는 별의 이름을 그대로 묻"으려고도 했다. 또 자신의 뿌리를 탐색하려고 "자꾸만 두리번거리는 귓속 달팽이"가 되기도 했다. 김숨이 「뿌리 이야기」에서 그랬듯이 "땅 위 지상에서 줄기가 가지를 치는 동안 땅 아래 지하에서는 원뿌리가 곁뿌리를"(2015년 제39회 이상문학상 작품집, 19쪽) 친다. 그리하여 자주 "내가 왜 여기에 있는가? 내가 왜 없는 게 아니라 있는가?"(위의 글, 31쪽)라고 자기 존재의 근원을 질문하게 된다. 그 물음은 자신의 뿌리를 부정하거나 회의하는 결과를 가져올 수 있겠지만 피할 수는 없다. 그러므로 물음을 금기시하거나 두려워할 필요는 없고 오히려 자신의 정체성을 확립하기 위해서는 필요하다.

어느덧 "보라의 운동화는 스물세 살/보라슈퍼의 간판도 스물세 살"이 되었다. 보라야, "내 이름은 보라"라고 이젠 자랑스럽게 말해보렴. (b)

나는 그를 지우지 못한다

정원도

딱 일 년만 일 더 하고 접는다더니
갑작스레 연락 불통
쉬쉬하던 사이 증발해버린 그였다

아직도 연락처를 뒤적이다 보면
스쳐 지나는 옛 웃음은 그대로인데
나는 그를 계속 지우지 못한다
우리가 곤죽이 되어 함께 건너다보던
해거름 노을 건너 사라진 지도 오래

명절 직전 고향 갈 채비로 들떠 있던 날
사인은 사소한 콘베어 보수 중의 낙상
일 년 전 내가 낙상당한 바로 옆자리

내 드러누운 정신이 혼미할 때
구급차를 부르고, 실어주었다는 그가
다시 실려 가서는
영영 돌아오지 못하는 자리

예순이 훌쩍 넘은 나이에도
힘든 일도 늘 웃는 얼굴로

조금만 더 하고 집에 가야지 하더니

다시는 쓸모없어진 그의 연락처를
나는 끝끝내 지우지 못한다

(『시에』 2014년 봄호)

노동자가 자신의 작업장에서 일하는 것은 산악인이 등산하는 것과 같은 철학을 가졌는지 모른다. 조지 맬러리(George Herbert Leigh Mallory, 1886~1924)라는 영국 산악인은 "왜 에베레스트를 오르느냐"는 사람들의 질문에 "산이 거기 있으니까"라고 대답했다고 한다. 이 말을 그가 했는지는 정확하지 않지만 산악인의 좌우명으로 볼 수 있다. 등산은 목숨을 잃을 정도로 위험한 일이지만 산이라는 목표물이 있기에 운명으로 삼고 오르는 것이다. 실제로 조지 맬러리는 1924년 6월 에베레스트를 올라가다가 실종되었고, 1999년 5월 1일(실종된 지 75년) 국제 탐색대에 의해 발견되었다.

노동자들이 일을 하는 것은 사용자와의 계약에 의한 것이기에 등산과는 성격이 다를 수 있다. 그렇지만 노동자들 중에는 노동을 타의에 의한 것이 아니라 주체적으로 하는 이가 많다. 노동을 힘들고 하기 싫은 것으로 여기거나 의식주를 해결하는 수단으로 삼기보다는 자신의 운명으로 여기는 것이다. "예순이 훌쩍 넘은 나이에도/힘든 일도 늘 웃는 얼굴로" 하는 "그"가 본보기이다. "그"는 작업장에서 "영영 돌아오지 못"하는 운명을 맞고 말았다. 그렇지만 "그"를 슬퍼하기보다는 "끝끝내 지우지" 않는 것이 노동자에 대한 예의일 것이다. (b)

내가 사람이 아니었을 때

조용미

명왕성 너머에 있는 먼 곳, 거기서부터 오르트구름이다
그곳까지 햇빛은 어떻게 도달하는가

한낮의 햇빛이 눈이 부시지 않는 기이한 곳 해를 정면으로 바라볼
수 있는 아름다운 곳을 오래전부터 생각해왔다
목성의 바다가 아니다

명왕성에서도 몇 광년을 더 가야 하는 우주의 멀고 먼 공간, 아무도
가보지 못한 태양계의 가장자리, 내가 사람이 아니었을 때
난 거기서부터 고독을 습득한 것이 틀림없다

먼지와 얼음의 띠에서 최초의 무언가 시작되었을지 모른다, 오르트
구름으로부터 여기로 네가 오고 있다
그 둥근 고리에서부터 무언가 생겨났을 테니

명왕성까지 도달하려면 아직 조금 남았다
어서 천천히 가자 그다음은 사막이 있는 푸른 별 지구로 가는 일만
남았다 내가 사람이 되었을 때

(『시와표현』 2014년 가을호)

세상에 태어나기 전에 나는 누구이고 무엇이었을까. 질문의 내용을 좀 더 확대해보자. 지구상에서 태어나기 전에 나는 어디서 무엇으로 살았을까. 대답하기 어렵지만 상상을 해볼 수는 있다. 우선은 태어나는 것 자체가 고독을 온몸으로 습득하는 일이라는 것부터 알아야 한다. 시인은 "명왕성에서도 몇 광년을 더 가야 하는 우주의 멀고 먼 공간, 아무도 가보지 못한 태양계의 가장자리, 내가 사람이 아니었을 때" "거기서부터 고독을 습득한 것이 틀림없다"고 말한다. 그런데 나만 지구로 오는 것이 아니다. 너도 "오르트구름으로부터" 지구로 "오고 있다." 어쩌면 "먼지와 얼음의" "둥근 고리에서부터 무언가 생겨났을" 수도 있다. 따라서 이 시는 생명의 기원에 대한 질문도 담고 있는 셈이다. 이제 그는 "명왕성까지 도달하려면 아직 조금 남았다"고 생각한다. "그다음"에는 "천천히" "사막이 있는 푸른 별 지구로 가는 일만 남"게 된다. "사람이 되었을 때" 저 자신을 포함한 생명 일반의 기원에 대한 질문을 담고 있는 시인 것이다. (d)

때 늦은 서평
— 아버지

조재형

어깨 너머는 천인단애보다 깊다

나는 생(生)을 통틀어 열람해보았던 것인데

주름진 문장은 까마득해

행간의 속내를 다 읽지 못했다

돌아가신 할머니의 주석이 없는 한

만년설처럼 아득한 이면을 헤아릴 수 없었던 것

완고하신 하느님이 낡은 책장을 덮을 때까지

끝내 그를 정독하지 못한 것이다

거기 온화로이 존재함으로 나를 온전케 하였으니

읽느니보다 쬐는 편이 나았던 아버지라는 권장 도서

평생 밝혀줄 것 같던 그가 영구히 꺼진 후

서늘해진 내 청춘을 추스르며 알았다

참으로 따사로웠던 그는 한 권의 경전

끝내 완독하지 못하고 하늘에 반납된 미소

오래토록 사라지지 않는 고전의 향기임을

(『다시 올 문학』 2014년 가을호)

시인은 하늘로 떠난 아버지를 "한 권의 권장 도서"에 비유하며 생전에 알지 못했던 삶의 고통과 지극하던 사랑을 암시해준다. "천인단애보다 깊"은 아버지의 지난한 생을 다 살펴보았으나 "행간의 속내"를 이해하기란 불가능했다. "할머니의 주석"으로 어느 정도는 알 수는 있었으나 "만년설처럼 아득한 이면"에 존재하던 "온화로움"이 화자를 온전케 하였다. 그런데 "평생 밝혀줄 것"이라 믿던 아버지가 영구히 떠난 후 외롭게 청춘을 보내는 동안 아버지는 "한 권의 경전"임을 깨달았다. 그리고 그런 아버지, 그 "고전의 향기"는 사라지지 않고 그리움과 추모의 정에 더욱 사무치게 한다. 이처럼 '아버지'가 '도서, 문장, 경전, 고전' 등 비유적 이미지로 변주되면서 그 의미를 심화 또는 확장하며 감동을 더해준다. 그리고 냉/온, 명/암, 내/외 등 서로 상반된 이미지들이 교차되어 고난 중에도 부성애를 잃지 않고 살다 간 아버지의 생과 화자가 품은 사모의 정을 효율적으로 암시해준다. (c)

청혼

진은영

나는 오래된 거리처럼 너를 사랑하고
별들은 벌들처럼 웅성거리고

여름에는 작은 은색 드럼을 치는 것처럼
네 손바닥을 두드리는 비를 줄게
과거에게 그랬듯 미래에게도 아첨하지 않을게

어린 시절 순결한 비누 거품 속에서 우리가 했던 맹세들을 찾아
너의 팔에 모두 적어줄게
내가 나를 찾는 술래였던 시간을 모두 돌려줄게

나는 오래된 거리처럼 너를 사랑하고
벌들은 귓속의 별들처럼 웅성거리고

나는 인류가 아닌 단 한 여자를 위해
쓴잔을 죄다 마시겠지
슬픔이 나의 물컵에 담겨 있다 투명 유리 조각처럼

(『창작과비평』 2014년 가을호)

이토록 아름답고 진실한 청혼이 있을까. 오래된 거리처럼 익숙하게 너의 구석구석을 알아가고 사랑하겠다는 진솔한 다짐과, 과거에게 그랬듯 미래에게도 아첨하지 않겠다는 담담한 태도는 화려한 수사와 과장이 넘치는 진부한 청혼의 대사와는 전혀 다르다. 오히려 이 청혼의 배경음처럼 자리 잡고 있는, 벌들처럼 웅성거리는 별들과 작은 은색 드럼을 치는 것처럼 손바닥을 두드리는 비의 묘사는 아름답기 그지없다. 이 청혼은 사랑의 기원을 떠올리고 미래의 사랑을 다짐한다. "어린 시절 순결한 비누 거품 속에서 우리가 했던 맹세들"이라니. 이 사랑은 얼마나 오래전에 시작되었던 것일까. 그때의 순수한 맹세들을 되새기고 자신만을 찾던 시간을 모두 돌려주며 "단 한 여자"를 위해 쓴잔을 마시겠다는 결심은 얼마나 비장한가. 인류와 맞먹는 단 한 사람을 향한 이 사랑의 다짐에는 "투명 유리 조각처럼" 통렬한 결의가 아로새겨져 있다. (a)

식물의 감정

최기순

초원 요양병원 마당 한쪽에
눈을 덮어쓴 화분들
언 흙 속 시린 손가락이 움켜쥐고 있을
푸른 칩

음악을 들려주면 잎이 연해진다는
식물의 감정은 유효한가

병실 안 침대마다 수액을 나르는 투명한 뿌리들
줄줄이 늘어뜨린 수경식물원

이곳 식물들의 음악은
어머니 저 왔어요
우리 옛날처럼 갈치구이를 먹을까요?
아빠! 혹은 딸기 복숭아 오렌지
목소리 속에는 얼마나 많은 음악이 들어 있나
음악은 또 얼마나 깊은 감정들로 잎을 피우나

영하의 추위에 길들은 얼어붙고
간간히 오는 눈발이 유리창을 때리는데
두 눈 멍하니 뜬 유독 민감한 귀들

270   2015 오늘의 좋은 시

시든 잎을 깨워 펄럭이게 할

칠현금 울리지 않는다

(『시와 문화』, 2014년 봄호)

" 음악을 들려주면 잎이 연해진다는/식물의 감정은 유효한
가"라는 작품 화자의 질문은 실존 의식의 표상이다. 본질적으로는 유효하지
만 상황에 따라 다를 수 있는 것이다. 가령 "요양병원 마당 한쪽에/눈을 덮
어쓴 화분들"에게 "음악을 들려"준다고 해서 "푸른 칩"이 살아날 수는 없는
일이다.

　"영하의 추위에 길들은 얼어붙"어 있는 상황이 실존이라면 "음악"은 본질
이다. 따라서 음악이 영하의 날씨를 녹일 수는 없다. 그렇지만 "어머니 저 왔
어요"라든가, "우리 옛날처럼 갈치구이를 먹을까요?"라든가, "아빠! 혹은 딸
기 복숭아 오렌지" 같은 "목소리"는 영하의 날씨를 녹일 수 있다. 아니 그와
같은 "목소리"만이 가능하다. 그 이유는 "목소리"의 주체가 인간이기 때문이
다. 인간만이 얼어붙은 이 세계를 살릴 수 있는 것이다. (b)

야만의 시대

최서림

공납금 밀리면 수업도 못하고 집으로 쫓겨갔었다.
식목일 앞산에서 뽑은 소나무를 뒷산에다 옮겨 심었다.
죄다 말라죽어버렸다. 앞다퉈
유신만이 살 길이라고 떠들어댈 때
국기에 대한 경례를 안 한다고 따귀를 맞았다.

가발 쓴 낯선 얼굴들이 강의실에서 꾸벅꾸벅 졸았다.
세상 돌아가는 이야기를 할 땐 목소리를 낮추었다.
자기 글을 자기가 알아서 검열했다.
삼청교육대가 잘하는 짓이라고 나발 불던 사람들.
데모하다 잡히면 콘크리트 바닥에
죽은 개 끌고 가듯 질질 끌고 갔다.

용산 참사가 그저 뉴스 속의 참사일 뿐,
철도 파업이 내 밥그릇과는 상관없는 일일 뿐,
키르케의 마법에 걸려 돼지로 변해버린
오디세우스 부하같이 마냥 행복하기만 하다.
99프로의 분노에 동조하면서도
홈쇼핑으로 일상의 구멍을 메워보는
망가진 안락의자 같은 삶.

어제의 야만은 오늘의 야만을 낳고
보이는 야만은 보이지 않는 야만을 낳는다.

(『시에』 2014년 여름호)

4연으로 이루어진 시이다. 1, 2, 3연은 전반부이고 4연은 후반부이다. 전반부 1, 2, 3연에서는 문제를 제기하고 있고, 4연에서는 결론을 도출하고 있다. 따라서 4연이 주제연이라고 할 수 있다. 주제를 드러내기 위해 1연에서는 유소년 시절의 체험을 담고, 2연에서는 청년 시절의 체험을 담으며, 3연에는 중년 시절의 체험을 담는 것이 이 시이다. 유소년 시절 시인은 "앞다퉈/유신만이 살 길이라고 떠들어댈 때/국기에 대한 경례를 안 한다고 따귀를 맞"은 적이 있다. 청년 시절에는 "가발 쓴 낯선 얼굴들이 강의실에서 꾸벅꾸벅 졸"고 있어 "세상 돌아가는 이야기를 할 땐 목소리를 낮추"어야 했다. "용산 참사"도 "철도 파업"도 "내 밥그릇과는 상관없는 일"이었던 중년 시절 이후에는 "홈쇼핑으로 일상의 구멍을 메워보는/망가진 안락의자 같은 삶"을 살고 있는 것이 그이다. 시인이 이런 삶을 살고 있는 이유가 무엇인가. 그가 보기에는 "어제의 야만"이 "오늘의 야만을 낳고/보이는 야만"이 "보이지 않는 야만을 낳"기 때문이다. (d)

크리스마스 기차의 밤

최서진

차가운 손과 어두운 박쥐가 눈을 뜨는 저녁
크고 우아한 식탁에 놓인 케이크의 냄새를 찾아
우리는 마디마디 소리를 지르며 철도 위를 달린다

설탕으로 만든 궁전과 크리스마스의 하얀 목소리를 사랑해

터널 안으로 크리스마스가 흘러넘친다

다행히 캐럴이 울리자 우리는 가득히 길을 잃었다
비명으로 지워지는 창문을 발견한 듯이
터널을 통과할 때는 숨을 죽여야 해
밤은 하루살이가 되어 햇빛처럼 소모된다

얼굴을 잊지 않으려고 눈송이를 바라본다
더 이상 흩어지지 않을 눈사람처럼

집에 그림자를 놓고 나왔다
어둠의 내부는 진하고 환한 빛으로 덜컹거리고
중력의 힘으로 몸에서 어둠이 떨어진다

시간이라는 것은 크리스마스의 사탕처럼 둥근 걸까
터널을 빠져나와 우리는 자신의 몸을 찾기 위해
각자의 신발을 내려다보았다

(『시문학』 2014년 10월호)

시인은 "설탕으로 만든 궁전과 크리스마스의 하얀 목소리를" 찾아 소리를 지르며 가는 즐겁고도 허무한 여행을 보여준다. "차가운 손과 어두운 박쥐"는 냉정한 현실에 살면서도 늘 더 달콤하고 행복한 세계를 욕망하는 여행객, 아니 우리 모두의 모습일 것이다. "크고 우아한 식탁에 놓인 케이크 냄새"를 찾아 기차를 타고 터널 속을 달리는 동안 서로 얼굴을 잊지 않으려 하면서도 눈송이를 바라보는 이들은 누구일까. 그런데 막상 밤새 달려 터널을 빠져나가 보면 "그림자를 놓고 나왔"고 "시간이란 것은 크리스마스 사탕처럼 둥근" 것이라 크리스마스 날은 아직 오지 않았다. 더구나 "그림자"만이 아니라 "몸"도 두고 마음만 달려와서 몸을 찾으려고 "각자의 신발을 내려다보"고 있다. 사랑과 평화의 상징인 진정한 '크리스마스'는 미래의 먼 곳에 있지 않고 차가운 손을 뜨겁게 달군다면 머물고 있는 바로 그 자리에서 매일 맞을 수 있을 것 같다. (c)

담쟁이의 집

최정례

길가 축대를 기어오르다 말고 담쟁이가 물들어가고 있었다. 석양이 비껴가는 넝쿨 끝에서 이 계절을 기억해둬, 기억해두라구!

창의 방충망까지 타고 올라와 내 책상을 들여다보던 이파리들, 수줍게 발개지며 달라붙던 어린애 이빨 같은 것들.

인간은 자기 집을 소유할 권리가 있는 줄 알았다. 그게 아니라는 걸 가르쳐준 집, 빚에 몰려 급히 팔아버린, 매매계약서에 도장 꽝, 찍고는 다시는 안 보려고 멀리 돌아 지나다니던 담쟁이의 집.

(『현대시학』 2014년 10월호)

시인은 먼저 길가에 있는 집의 축대와 벽을 타고 올라가며 자라던 "담쟁이"를 비유적으로 묘사하고 있다. 그런데 축대를 기어오르던 담쟁이가 물들어가며 왜 "이 계절을 기억해"두라고 했을까. 그리고 "창의 방충망까지 타고 올라"온 "어린애 이빨 같은 것들"은 누구의 모습일까. 그 의문의 답은 3연에서 암시적으로 제시된다. 빚에 몰려 급히 그 집을 팔고 떠날 수밖에 없던 화자는 그 집이 보기가 싫어서 멀리 돌아 지나다녔다는 것이다. 그러나 기억마저 지우기란 어려운 일이라서 억세게 자라 오르던 '담쟁이'와 그 '이파리'를 다시 떠올린다. 그것들은 어려운 세파를 견디며 강인하게 살아오던 화자의 자신의 모습이자 기르던 어린 자녀들의 모습인지도 모른다. 깃들어 살고 있을 때는 느끼지 못하던 집에 대한 고마움을 떠나고 나서야 비로소 느끼는 것일까. 그것들은 "집을 소유할 권리"마저 잃고 매매계약서에 도장을 찍기까지 겪은 가족들의 고통과 함께 삶의 애환이 서린 집에 대한 그리움을 대신 보여준다. (c)

맨홀

길이 있는 곳이면 어디든
그들은 있다
먹잇감을 노리는 포식자처럼
발톱을 숨기고 엎드려 있다
악취와 오물과 가스로 뱃속을 가득 채운
세상에서 버려지는 온갖 것들
쌓이고 쌓여 언젠가는
어둠을 뚫고 폭발할지 모르는
도시의 블랙홀
탐욕이 우리를 삼키듯
절망이 그들을 지하 땅굴 깊숙이
봉인하였다
난파된 영혼으로 갈가리 찢겨나간
붉은 심장을 움켜쥐고
거리를 헤매는 자여
발밑을 조심하라
무심코 내딛는 그 발밑에
호시탐탐 입 벌린 화염지옥이 있다
방심한 일상의 길목에
덫을 놓고 기다리는 사냥꾼처럼
그들은 언제 어디서든 발목을 낚아채

무덤 속에 던져버린다
길이 끝나는 곳에 구원의 십자가는
빛나고 있을까
캄캄하게 뚜껑 닫힌 정지된 시간도
환한 날빛으로 살아나
푸른 공기를 폐쇄된 혈관 가득히
넘쳐흐르게 하는 그런 날들
있기는 한 것일까

(『현대시』 2014년 12월호)

맨홀은 지하의 공간으로 사람이 출입할 수 있게 만든 노면(路面)의 구멍을 가리킨다. 보통은 쇠뚜껑으로 덮어놓는 이 맨홀 속 지하의 공간에는 온갖 쓰레기들이 모여들기 마련이다. "악취와 오물과 가스로 뱃속을 가득 채운/세상에서 버려지는 온갖 것들"이 모여드는 곳이 이곳이다. 그들은 지금 지하에 "먹잇감을 노리는 포식자처럼/발톱을 숨기고 엎드려 있"다. "언젠가는/어둠을 뚫고 폭발할지 모르는/도시의 블랙홀"인 것이 그들이다. 인간의 탐욕과 "절망이 그들을 지하 땅굴 깊숙이 봉인한" 것이다. 탐욕과 절망의 찌꺼기들인 그들이 가만히 있을 리 없다. 그들은 특히 "갈가리 찢겨나간/붉은 심장을 움켜쥐고/거리를 헤매는 자"들을 노린다. 그러니 늘 "발밑을 조심"해야 한다. "무심코 내딛는 그 발밑에/호시탐탐 입 벌린 화염지옥이 있"기 때문이다. "길목에/덫을 놓고 기다리는 사냥꾼처럼/그들은 언제 어디서든" 우리의 "발목을 낚아채/무덤 속에 던져버린다." 그러면 "길이 끝나는 곳에 구원의 십자가는/빛나고 있을까." 그가 보기에 "푸른 공기를 폐쇄된 혈관 가득히/넘쳐흐르게 하는" 날은 이제 없다. (d)

졸업반

하 린

명사 초청 강연이 끝나고 우린 박수를 치지 않았다

줄을 서서 저자 사인을 받을 때도

설거지통에 담긴 그릇 같은 표정으로 사라졌다

우린 아프지 않다 아프지 않으니 청춘이 없다

청춘은 인문학도 실용학도 아니기에 푸른 척을 했다

지금까지 의자를 사랑한 건 대체로 엉덩이다

미래를 측량하는 일은 엉덩이에 맡기고

졸업에 들었으니 옛 애인이 사는 동네를 아무렇지 않게 지나가야
한다

책 속에 누나가 웃고 있다 책 밖에 아빠가 코를 골고 있다

잡티 하나 없이 깨끗하게 어두워질 수 있는 방법은 없다

2월엔 온통 쓸모없는 날씨라서 도서관은 조용한 재채기를 달고 산다

사람이 되긴 힘들어도 괴물은 되지 않기 위해* 밀린 월세를 들고 밀린 건강보험료를 내러 간다

* 영화 〈생활의 발견〉 대사 인용.

(『시작』 2014년 겨울호)

졸업은 흔히 새로운 출발이라고 한다. 모든 새로운 출발이 그렇듯이 졸업은 사람들을 불안하고 초조하게 한다. 이 시의 화자인 복수 일인칭 '우리'도 마찬가지이다. "명사 초청 강연이 끝나고"도 "박수를 치지 않"고, "줄을 서서 저자 사인을 받을 때도//설거지통에 담긴 그릇 같은 표정으로 사라"지는 것이 그들이다. 누구는 아프니까 청춘이라고 하지만 "우린 아프지 않"고, "아프지 않으니 청춘이 없다"고 어깃장을 놓는다. 이처럼 복잡한 심리를 갖고 있으니 "지금까지 의자를 사랑한 건 대체로 엉덩이다//미래를 측량하는 일은 엉덩이에 맡기"자고 말하는 것이리라. "졸업에 들었으니 옛 애인이 사는 동네를 아무렇지 않게 지나"갈 수 있으면 얼마나 좋을까. 불안하고 초조한 우리의 마음은 급기야 "책 속에 누나가 웃고 있다 책 밖에 아빠가 코를 골고 있다//잡티 하나 없이 깨끗하게 어두워질 수 있는 방법은 없다" 등 엉뚱한 발언을 하게 한다. "사람 되긴 힘들어도 괴물은 되지 않기 위해 밀린 월세를 들고 밀린 건강보험료를 내러" 가는 '우리'가 참으로 안쓰럽다. (d)

너무 일찍 온 저녁

허수경

누군가 이 시간에 자리를 내주고 떠났다
아무도 세속의 옷을 갈아입지 못한 시간
태양은 한 알 사과가 된다

사과와 사과
뉘우치지 못해 어떤 이는 깊게 울었다

검은 옷을 입은 여자가 검은 물을 길어 창문을 넘어오기 전
누군가는 태양을 과도로 깎았다
태양 한 조각 입안에 넣고 우물거렸다

그 방 안에 같이 사는 거미에게
태양 한 조각 거미줄에 걸어주며
점점 컴컴해지는 내장을 태양 조각으로 밝히고 있다

내장의 구멍은 후세로 난 길
안이 밝아지고 바깥이 어두워질 때
태양을 대신할 천체의 둥근 공들은
태양 한 점씩 먹고 거미줄에 걸려 환하다

그 저녁, 너무 빨리 와서

나를 집어 먹은 짐승은 나다
태양의 마지막 조각을 구멍 뚫린 하늘에 올렸네
젖은 내장도 어둠 속에 걸어두었네

그렇게 한 저녁은 모랫벌 속 바지락처럼 오고
바지락 껍질을 뭉개고 가는
트럭의 둥근 바퀴 밑 어둠 속

쓰게 쓰게 그렇게
조개들은 먼 무덤을 부르다가 잠든다

(『현대문학』 2014년 12월호)

'개와 늑대의 시간'이라고도 하는 저녁은 모든 경계가 희미해지는 미묘한 시간이다. 이 시간은 "아무도 세속의 옷을 갈아입지 못한 시간"이어서 영적으로 민감해지는 시간이기도 하다. 태양이 한 알의 사과처럼 붉은 빛을 남기며 사라지는 이 시간에는 사과와 후회가 넘치기도 한다. '태양-사과'의 비유는 저녁의 풍경과 내장의 모습에 이중으로 투영된다. 사과 한 조각이 컴컴해지는 내장을 밝히며 내려가는 과정은 태양 한 조각이 걸려 환한 저녁의 거미줄의 이미지와 절묘하게 부합된다. 태양의 마지막 조각이 어둠의 내장 속으로 사라지듯 저녁은 순식간에 밤이 된다. 모랫벌 속 바지락처럼 잠시 나타났던 저녁은 바지락 껍질을 뭉개고 가는 트럭의 둥근 바퀴같이 가차 없는 어둠의 침입을 받는다. 너무 일찍 온 저녁처럼 죽음이 다가오는 순간도 그처럼 느닷없을 것이다. (a)

상처

상처는 결코 응고되지 않는다
상처에 딱지가 앉을 때
그것은 검은 띠를 두른 혁명에 다름 아닐 터
그래서 상처는 언제나 되살아날 불씨다
사람이 가까이 있을 때 귀한 줄 알라
스승은 그리 가르쳤건만
사람은 상처를 낳고
상처는 옹이로 박혀 기름을 품으므로
마침내 불길이 되어 타오른다
낙타의 등이 상처이듯
터져 마침내 벌건 심장을 토해낸 꽃도 상처다
아는가, 너와 나 사이에
장맛비에 덜 마른 빨래처럼 축축한 상처가
뼛속 깊이 자리하고 있음을
한 생애가 그렇게 상처 속에 웅크려 숨죽이고 있음을

(『문학청춘』 2014년 봄호)

몸과 마음은 하나다. 몸에 상처를 받으면 마음이 아픈 법이고, 마음에 상처를 받으면 몸이 아픈 법이다. 따라서 마음이든 몸이든 상처를 받으면 피가 흐르기 마련이다. 한번 흐르기 시작한 피는 "결코 응고되지 않는다". "상처에 딱지가 앉"더라도 "그것은 검은 띠를 두른 혁명에 다름 아"니다. "그래서 상처는 언제나 되살아날 불씨"일 수밖에 없다. 스승들은 "가까이 있을 때 귀한 줄 알라"고 가르치지만 제자들은 그렇게 하지 못한다. 사람들이 낳는 상처…… "상처는 옹이로 박혀 기름을 품"고 있으므로 "마침내 불길이 되어 타오른다". 실제로는 "벌건 심장을 토해낸 꽃도 상처"이다. 따라서 "너와 나 사이에"는 "장맛비에 덜 마른 빨래처럼 축축한 상처가/뼛속 깊이 자리하고 있음을" 알아야 한다. 한 사람의 "생애가 그렇게 상처 속에 웅크려 숨죽이고 있음을" 알아야 한다는 뜻이다. (d)

겨울 미니어처

홍신선

작은 체격에도 노랗게 붉게 덧입은
두세 벌 가을비음을 툭툭 벗어버린 뒤
자칫 목숨도 쏟아질까
공원 자드락에 선 나도박달나무가 최대한 품새 꼭꼭 여몄다
허공 안으로 골똘히 무너져 들었다.

간 가으내 골반 깨진 다년생 풀들이 여태도 앉은뱅이로 주저앉아
있다.

마지막이란 어떻게 잘 망가져야 하는가인데
생전의 몸 내부 푹푹 썩어 내린 길옆 고사목 그루터기가
이빨 죄다 나간 민짜 잇몸으로
질겅질겅 시간이나 한자리서 씹는다.

아뿔싸 꼭 겨울 세트장 한구석 방치된 미니어처들 같다,
살기 위해 한껏 나를 축소한
그런.

(『한국시학』 2014년 봄호)

겨울이 죽음 또는 동면의 계절이기 때문일까. "나도박달나무"가 남은 목숨이라도 지키려고 "두세 벌 가을비음", 즉 꽃을 지우고 "최대한 품새"를 여민다. 그리고 자신의 내면으로 시선을 돌려 성찰의 준비를 하는 그 곁에는 "가으내 골반 깨진 다년생 풀들"이 주저앉아 지켜보고 있다. 무슨 도움을 받기 위해서, 아니면 위로하기 위해서 그러는 것일까. 이미 이빨도 다 빠지고 무료하게 시간을 보내는 "고사목 그루터기"는 다 썩어버린 "생전의 몸 내부"를 보며 "어떻게 잘 망가져야 하는가"를 생각한다. 또한 연극과 같은 삶의 무대에서 제 기능을 다하다 "세트장 한 구석 방치된 미니어처"와 다름없는 자신을 발견하기도 한다. 그리하여 주어진 역할을 다 감당한 후 소외된 위치에서라도 내면의 깊이를 추구하는 세대의 현실을 전형적으로 보여주고 있다. (c)

붉은 이파리

황구하

유명 시인, 헌책방 골목에 나타나셨다

○○○ 시인께 사인된,
유명하지 않은 혹은 유명하기도 한 시인 이름 옆에는
올림 또는 모심, 더러는 낙성관지 붉게 찍힌 시집들 아찔하다

그중 눈에 익은 시인의 시집 한 권 들고
무심코 책갈피 넘기다 보니
벚나무 이파리 한 장, 숨죽인 채 누워 있다

심장 굳어 화석이 된 어느 부족의 시신처럼
별빛으로 달빛으로 시를 읽다가
문득 숨 내린 그 자리, 꽃잎 훌훌 벗어던지고
텅 빈 허공, 잠시 머물렀을 시인의 눈빛을 생각해본다

시를 뿌리는 이랑에서 자꾸만 바스러지는 손자국과
시를 거둔 책장에서 구석으로 구석으로 내몰리는 눈동자와
시를 버리고 집을 나와 비로소 바람에 얹힌 발소리

붉게 묻어나는 시간을 따라 이제 어디든 갈 수 있겠다

벚나무 옹알이 첩첩 내 몸으로 옮겨오듯
그래서 세상 모퉁이 그늘에 달라붙은 주춧돌처럼 우뚝
시는 그렇게도 발견되거나 발굴되기도 하는 거라며
유명 시인, 헌책방에서 고즈넉이 강연을 하고 계시다

흉터로 남겨진 시, 배낭 속에서 울고 있다

(『시에티카』 2014년 하반기호)

화자는 헌책방에서 어느 시인이 다른 시인에게 정성껏 사인을 하고 낙관까지 찍어 증정했을 시집들을 본다. 그중에 눈에 익은 시인의 시집을 골라 책갈피를 넘기다 "벚나무 이파리 한 장"을 발견한다. "부족의 시신" 같은 그것을 보며 시집을 읽다가 잠시 머무르다 갔을 시인의 눈빛을 상상한다. 또한 시인은 시를 쓰지만 "책장의 구석으로 내몰리"다가 끝내 헌책방까지 오게 된 시집을 보며 시의 운명과 시단의 현실을 생각해본다. "시간을 따라 이제 어디든 갈 수 있겠다"는 독백은 그런 현실에 대한 비관일까 낙관일까. 아무튼 화자는 시가 "세상의 모퉁이 그늘"로 밀려나 있으나 그것을 지탱하는 "주춧돌"로서 시간이 흐른 후 "발견되거나 발굴되기도 하는 거"라며 희망을 가져본다. 그리고 시집을 내기까지 많은 산고를 겪었을 시인의 "흉터로 남은 시"를 배낭에 챙겨 넣고 그 울음소리를 들으며 길을 나선다. (c)

동시에

황규관

울음 없이 흐르는 강물 없듯
꽃은 웃으면서 핀다네

봄볕에 불려 나온 어린잎 아래서
겨우내 냉철했던 얼음이 녹고

병을 허락해 조촐해진 영혼 안에서
죽음이 천천히 눈을 빛내듯

가만히 오는 사랑을 따라
고독한 저물녘이 찾아온다네

풀어져야 단단히 맺히듯
뜨거워야 또 저만치 멀어진다네

가는 시간이여
그러나 점점 가까워지는 별빛이여

꽃이 환하게 웃으며 피어나듯
서러운 울음은 아직도 지천이라네

(『시와 경계』 2014년 여름호)

자연이나 인간 세상에 늘 명암이 공존하고 순환하는 게 순리인가 보다. 시인은 다양한 시공간에서 대립적 가치들이 "동시에" 존재하고 있는 것을 발견하여 제시해준다. 웃으며 피어나는 꽃과 함께 "서러운 울음"처럼 지천으로 떨어져 있는 낙화, 그리고 봄볕을 받아 싹튼 "어린잎 아래"서 아직도 녹고 있는 얼음을 본다. 육신이 소멸되는 죽음의 순간에 빛나는 영혼의 눈과 사랑을 따라 고독이 '동시에' 찾아오는 것을 감지한다. 인연의 끈이 풀어지면서 다시 맺히고, 서로 만나 뜨거워질수록 멀어지는 '회자정리'의 이치를 깨닫는다. 이처럼 각 연마다 변화되는 물상 속에서 '울음/웃음, 냉/온, 영/육, 죽음/부활, 사랑/고독, 풀어짐/맺힘, 만남/이별' 등이 쌍을 이루며 어울려 있다. 그리하여 인간들은 세상과 자연 속에서 차이를 인식하고 구별하지만 실제로는 경계가 없다는 것을 강조하고 있다. 그런데 이질적인 요소들을 하나로 묶는 비유와 상징을 바탕으로 구축된 시는 인간으로 하여금 자연으로 되돌아가는 길을 제시해줄 것이다. (c)

바닷가 집의 고해성사

황학주

등잔불은 자고 있을 때 찾아오는 어느 분이었다
계절마다 앓아눕는 사람을 향해
등잔은 기러기의 목선을 빌려다 주고
그 우묵한 곡선에 바다 비린내를 괴어놓았다
몇 낱의 모래알이 부화를 꿈꾸어도 좋을 성싶지만
등잔불은 말을 피하며 자신의 밑동을 바라만 보았다

창문을 여니 달빛이라고 쓴 편지지가 해변에 보이고
바닷것들의 눈동자 위를 삼보일배로 걸어간 글이 보였다
삼보 걸음마다 반지를 빼놓고 간 영혼들이 있다
해변에 어깨가 묻힌 사람이 쓰르르 파도 소리로 떤다

알려지지 않은 생각을 하고 있어서 어떤 과거는 보이지 않겠지만
등잔불을 끄면 징검돌이 드러날 것도 같지 않은가
바다에 참회록을 쓰다 간 사람이 있다는 것을
끝내 말을 피한 등잔이
등잔 밑 자신의 그림자로 알려주었다

(『시인동네』 2014년 겨울호)

바닷가 집에 앓아누워 있는 사람에게 등잔불은 곁을 지켜주는 사려 깊은 존재이다. 등잔불은 무언가 사연이 있어 보이지만 말을 피하며 자신의 밑동만 바라본다. 창문 밖에는 달빛이 쓴 편지지가 펼쳐져 있다. 바다에서 펼쳐졌던 수많은 사연들이 적혀 있다. 삼보일배로 고해성사를 하듯 모든 것을 내려놓은 영혼들의 고백이 들어 있는 듯하다. 달빛의 편지지와 바닷가 집은 하나로 연결되어 있다. 등잔불을 끄면 바로 징검돌이 드러날 것같이. 이 바닷가 집에는 참회록을 쓰다 간 사람이 있었을 것이다. 말없이 등잔 밑 자신의 그림자를 가리키는 등잔불의 몸짓이 그렇게 일러준다. 고해와 참회의 몸짓이 가득한 고요한 바닷가의 정경이 쓸쓸하면서도 아름답다. ⓐ

2015
오늘의
좋은
시

2015
오늘의
좋은
시

2015
오늘의
좋은
시

2015
오늘의
좋은
시